— 書き下ろし長編官能小説 —

裏アカ女子の淫欲配信

葉原 鉄

竹書房ラブロマン文庫

目次

この作品は、竹書房ラブロマン文庫のために
書き下ろされたものです。

第一章　裏アカ人妻ミナ元のオフパコ誘惑

冬川清彦《ふゆかわきよひこ》は大学生である。

インドア派かアウトドア派かといえば、歴然と前者。

講義のとき以外は安アパートにこもり、ＰＣを見るか筋トレをするかだ。

暖房いらずの春の夜。行動的な友人は洒落たバーで女でも引っかけに出歩いているだろう。そしてワンナイトラブ。清彦には別世界でしかない。

けれど女性に縁《えん》がないわけでもない。

まさにいま現在、耳をくすぐるのは愛らしい女の声だ。

『キヨシくん、好き……』

「うん……俺も、メグが好きだよ」

愛の言葉をささやきあうが、六畳一間のアパートには清彦しかいない。おたがいにヘッドセットをつけて、インターネット越しの遠隔ラブトークを楽しんでいるのだ。

『ねえ……さっき送った画像、見てる？』

「うん、すっごく。目、離せない……本当に可愛くてえっちだよ」

ＰＣモニターにはメグの自撮り写真が表示されている。彼女は開脚して濡れた白パンツを見せつけていて、顔は見えないがほっそりした脚となめらかな肌が若さを物語っている。おそらく年下だろう。

『ねえ……キヨシくん』

声も鈴の音《ね》のように高く、か細く、ちょっぴり舌っ足らず。甘える口調になると凄まじく可愛らしくて、鼓膜も脳もとろけてしまう。

『えっち、しよ』

倫理的によろしくないお誘いだった。たがいに顔を合わせたこともなく、素性もわからない。未成年だとしたら犯罪沙汰である。

「そうだね……しようか、いっしょに悪いこと」

とろけた脳で逆らえるわけがなかった。

ズボンとパンツをいそいそとずらす。実のところ、すでに股間は屹立《きつりつ》していた。彼女に好きと言われると、それだけで情けなくも勃起《ぼっき》してしまう。

見るもおぞましい青筋まみれの肉茎を、清彦は忙《せわ》しなく握りしめた。

『おち×ちん触ってる？』

子どもが病気の友人を気遣うような可愛くも優しげな声が海綿体に響く。

「うん、触ってる……メグも？」

『えへへ……実はね、さっきから触ってた』

「だと思った。ときどき息乱れてたよね」

『えっちでごめんね、キヨシくん……んっ、ふぅ、ふう……』

「いいよ、俺もえっちだから。好きだよ、メグ」

『ああ……キヨシくん、好き……大好き……んっ、んっ、ああ……』

メグの声が切なげに高まっていく。くちゅくちゅと水音も聞こえてきた。喘《あえ》ぎと息遣《いきづか》いが乱れるほどに、たがいの興奮が高まっていく。

（エロイプやっぱりすごい……！）

インターネット用語で、遠隔通話でたがいに自慰に耽《ふけ》る行為をエロイプと呼ぶ。通話ツールの名称をもじったものだが、今どきは違うツールを使うことが多い。清彦とメグもゲーム用のコミュニケーションツールを利用している。

普段はいっしょにＰＣゲームのマルチプレイをする仲だ。

清彦にとって仲良く遊べる唯一の女友達であり、性的な関係でもある。

『んっ、ああっ、したい、したいぃ……キヨシくんとセックスしたいっ……！』

メグの言葉に清彦は息を呑む。

『したくない？　メグとパコパコしたくない？』

可愛らしい声で低俗な淫語《いんご》を使うと、恐ろしく威力が高い。

「……したいっ」

清彦は肉棒を強くしごいた。

『ああっ、うれしいっ……！　キヨシくんっ、もっと、もっと言ってぇ……！』

「メグとセックスしたい……！　パコパコしたいッ！　メグ、ああ、メグっ、メグに精子出したい……！」

『もっと、もっと乱暴に……！』

「メグ、犯してやるッ……！　無理やり押し倒して、中出ししてやるからなッ」

『はぁあっ……！　声やばい、脳イキしそう……！』

相手の声に魅せられているのはお互い様である。メグも清彦の声を気に入っている。腹ワタに響くような低い声に男らしさと包容力を感じているらしい。そのためなのか、強引に押し倒されるようなシチュエーションを好む。

『あっ、イッちゃうっ……ごめんなさい、イッちゃいますっ』

「俺もイクっ、出る……！」

『んんぅうぅッ……！　んーっ！　んーッ！』

ともに絶頂の声を必死で抑《おさ》えた。清彦のアパートは壁が薄いし、メグは家族と同居しているのだという。

『んふぅ、ふぅ、ふぅッ……！　キヨシくんッ……キヨシくんッ……！』

かすかに漏《も》れ出す淫声だけでも充分すぎるほど淫猥《いんわい》だった。至福の音に脳を溶かされながら射精する。あらかじめ三枚重ねの二つ折りにしておいたティッシュで濁液を受け止めた。ほかのどんなオナニーよりも大量に出る。

「はあ、はぁ、はあ……気持ちよかったよ、メグ」

『私も……下に敷いといたタオル、ぐっしょぐしょになっちゃった』

えへへ、とはにかみ笑うメグがいとおしい。

SNSの裏アカでたがいの声を聞き、惹《ひ》かれあって仲良くなり、いつしかエロイプをする仲になっていた。

『次は……会ってしてみたいね』

もちろん清彦も同感だった。

メグに会って、直接抱きしめたい。たくさんキスをして、たがいを見つめあいながら愛の言葉を交わし、情熱的に腰を振りたい。すべて未知の世界だった。

冬川清彦は童貞なのである。

けれど、童貞特有のがっつくような態度は表に出さない。

「そうだね、会いたいね。でも距離が遠いから、もうちょっと我慢しよう」

『うん……ごめんね、無理言って』

「会いたいって思ってくれて嬉しいよ」

それからもうすこし会話をして、おやすみを言いあって通話を切った。

清彦は大きく息を吐く。

「会いたい、か……」

その言葉に嘘はない。

けれど、距離が遠いというのは嘘である。ふたりはおなじ県に住んでいる。清彦が本当のことを隠しているだけだ。

就寝前に歯磨《はみが》きをするべく洗面所に立つ。

鏡と向きあう。歪《ゆが》んだ顔があった。

まぶたが腫《は》れぼったく、陰鬱《いんうつ》で腹立たしい顔だ。

「会ったら嫌われるよなぁ」

自嘲の笑みすら醜くくて嫌になった。

冬川清彦は就職活動中の大学生である。

面接は連戦連敗。理由は多々あるだろうが、最初に思いつくのは顔立ちだ。

美形と不細工では前者の採用率が高いという実験結果を、以前ネットで見かけた。

それに高校のころの恋人にも付きあって三日で言われたのだ。

「ブスは三日で慣れるって言うけどやっぱり無理。別れて」

彼女は別れたその日にイケメンで知られるバスケ部の先輩と付きあいだした。正確にはセフレ扱《あつか》いで七股かけられていたのだが、本人も納得していた。不細工と付きあうよりはイケメンに遊ばれたほうが女は幸せなのだ。

以来、清彦は恋人ができたことがない。自分から作ろうともしなかった。

「できるわけないしな」

親しい男友達を作ることにも躊躇《ちゅうちょ》して、大学生活は孤独だった。

だからインターネットに居場所を求めた。裏アカを作ったのも寂《さび》しさゆえである。

裏アカ、すなわち裏アカウント。インターネット交流ツールであるＳＮＳで後ろめたい活動をするときの仮面だ。

一口に裏アカと言っても人によって用途は違う。学校や会社の愚痴をこぼしたり、肌を晒《さら》して衆目を集めたり、肉体関係を結ぶ相手を求めたり。

清彦がキヨシ名義で作った裏アカの用途は音声のアップロードだ。

最初は音声投稿サイトに出来心でセリフを投稿してみた。顔がダメでも声だけなら褒めてもらえるのではないか、と。

さいわい権利フリーの無料台本はネット上にいくらでも落ちている。

女性に甘くささやくような内容は、読んでいて恥ずかしかった。

でも、もし女の子に喜んでもらえたら——淡い希望にすがるようにして反応を待つと、間もなく音声にコメントがついた。

〈声かっこいい〉

〈低音ボイスやばい〉

〈もっとSな感じのボイス読んでください〉

興奮した。ズタボロの自己肯定感が癒やされた。

それから何度もセリフを投稿した。声を抑えないといけない住宅環境が吉と出た。

低音のささやき声は女性の脳を震わせるのだ。

〈もっとHなのください〉

悩んだのはすこしだけで、卑猥《ひわい》なセリフにもすぐ慣れた。

とくに人気が高いのは性的に女性をいじめるようなシチュエーションボイス。マゾヒスティックな女性がいかに多いのか思い知った。

〈〝コメンター〟はやってないんですか？〉

求められるまま、メッセージ投稿SNSの〝コメンター〟に裏アカを作った。

最初はボイス投稿時の告知用として使っていた。そこに感想がつき、感謝の返事をつけるとさらに会話がつづく。好意的に話してもらえるのが嬉しくて、夢中になった。

いつしか日常の呟きもするようになっていた。食べ物の話題、映画やPCゲームの話題――そして、筋トレの話題。

清彦は顔に自信がない。だから体を鍛えていた。

〈見せて〉

そんな要望に応え、悩みに悩んで腹筋をちらりと自撮りした。

キヨシの裏アカを常時閲覧するフォロワーが激増した。投稿音声を聞く女性もどんどん増えていった。はっきり言って人気者だと思う。

同時に音声界隈のこともすこしずつ把握《はあく》していった。

感覚的に音声界隈は自撮り界隈と近いところにある。ボイスと写真の違いはあれど、異性の興味を惹いて承認欲求を満たすことに違いはない。

そして清彦はメグを知った。

メグはコスプレ自撮り系の裏アカ女子である。

おもにアニメやゲームのコスプレをして自撮りする。少女のように細い四肢と豊かなバストのギャップはまさにアニメキャラのようだ。

卑猥さは控えめ。衣装自体に露出《ろしゅつ》はあれど、乳首や陰部は絶対に晒さない。谷間や太ももは見せるし、ブラがほんのり覗《のぞ》けることもあるが、パンツは絶対に隠す。そのバランス感覚からか女性人気も高い。

おまけにときおり投稿する声まで可愛らしい。アニメのようなロリ声だ。

気がつくと清彦もファンになっていた。

そんな彼女から、あるとき個人宛のダイレクトメッセージが届く。

〈こんな形で突然ごめんなさい。キヨシさんのお声好きです〉

ほかのコメンター利用者からは見えない秘密の会話。卑猥な音声アカウントにファンとして話しかけるのは気が引けたのだろう。彼女はギリギリ健全な裏アカであり、男性ファンにはつねに平等に接している。特別な男性がいる素振りはけっして見せようとしない。まるでアイドル歌手のように。

だからこそ秘密の会話に真実味があった。
みんなのアイドルが好意を持って話しかけてくれる事実に清彦は痺《しび》れた。
〈キヨシさん、あの映画見たんですね。私も見ました！〉
〈キヨシさん、ゲームお好きなんですね。今度対戦してくれませんか？〉
〈キヨシさん、お暇なら通話してもらうことはできますか？〉
個人通話をするようになると距離は一気に縮まった。
『キヨシさんの声、もっと聞きたいです』
『没になったコスプレ写真、キヨシさんには見せてあげますね』
『キヨシくんって呼んでいいですか？』
『キヨシくん……女の子のえっちな声って聞きたい？』
気がつくとエロイプをする仲である。
それと同時に、彼女の口からこんな言葉が増えていった。
『会いたい』
気持ちは清彦もおなじだった。
彼女と愛しあいたい。セックスもしたい。
けれど、顔を見られたら嫌われてしまう。声だけで睦《むつ》みあう関係すら終わってしまう。だから踏みとどまることしかできない。

「……会いたいなぁ」

ＰＣのまえで溜め息をつくことも増えた。

そんなとき、コメンターにダイレクトメッセージが届いた。

普段からファンやスパムのメッセージは大量に届く。女性ファンがいることに嫉妬したとおぼしき男性からの中傷も届くので、返信は慎重にしている。

「ミナ元さんか……」

以前からやり取りをしている裏アカ人妻だった。

活動内容はオフパコ。ネットで異性を捕まえて、現実《オフ》でセックスを楽しんでいるのだ。メグはおろか清彦とも比べものにならない猥褻《わいせつ》アカウントである。しかも行為中の写真や動画をアップロードしているのだから恐ろしい。

プロフィールにある一文が端的にすべてを表現している。

――夫公認ヤリマンです。

清彦としては別世界の人間に思えるが、付き合いはそれなりに古い。なにせ音声投稿サイトで最初期にコメントをくれた相手である。無下《むげ》には扱えない。

〈キヨシさんに例の画像を贈呈します〉

送られてきたのは猥褻画像。

四つん這《ば》いの大股開きで透明なディルドを秘裂に突き刺している。恐るべきことに、モザイクもない。ふっさり黒々と繁茂した陰毛に赤紫の肉唇がはっきり見えた。顔は映っていないが、太ももや尻の肉付きもムッチリして、モニターからメスの匂いが漂《ただよ》ってくる。

「……エロい」

清純で愛らしいメグとは正反対の熟《じゅく》した媚肉《びにく》体型だった。年齢は三十代らしいが二十代の美麗さと四十代の色気を程よく兼ね備えている。しかも人妻。夫公認でオフパコに精を出す生粋の淫乱。

つづけて動画も送られてきた。すぐに再生。

ミナ元は画像とおなじ体勢で透明ディルドーを抜き差ししていた。

『キヨシさんっ、抱いてっ！　パコパコしましょ、いっぱい腰振って気持ちよくなってぇ……！　ああんッ、犯してっ、パコってッ、ち×ぽほしいぃッ！　ち×ぽっ、キヨシさんのおち×ぽぉッ、あぁあああぁあッ！』

ひとしきり腰を振りたててオナニーを続け、最後にディルドーを深挿《ふかざ》しして、ミナ元はイキ果てた。

ディルドーを勢いよく抜けば、プシャッと潮《しお》が噴き出す。動画終了。

強烈な内容に清彦は言葉を失った。

痴女、という言葉が脳裏をよぎる。メグとのエロイプが純情な交換日記に思えるほどの淫猥さだ。圧倒されながらも、本能的に股間がいきり立つ。

犯したい、と海綿体が騒いでいた。

〈動画みたいなこと、会ってしてみませんか？〉

そんなメッセージまで届く。

〈いえいえ、俺なんかミナ元さんが会ってきた男性にくらべたら不細工でしょうし、会った瞬間にドン引きされますよ〉

〈それは私をナメてます。いままで会ってきた男性も千差万別ですよ？　顔の良し悪しなんて気にするレベルじゃありません〉

たしかに彼女ほど淫奔《いんぽん》であれば経験相手も様々だろう。

「……俺より不細工な男もいたのかな」

清彦は生唾《なまつば》を飲んで、不埒《ふらち》な考えに浸《ひた》ってしまう。

〈話の種におばさんをヤリ捨てるぐらいのつもりでいいんですよ〉

〈ミナ元さんは若くてお綺麗じゃないですか〉

〈それは声で聞きたい台詞《セリフ》ですね。ベッドで言われたらとろけちゃいそう〉

生唾を飲んでも飲んでも喉《のど》が渇く。

あるいは――一夜かぎりなら。

交際するつもりがなければ、見限られてもダメージは少ないのでは。

清彦は震える手で返事を書いた。


ミナ元とは隣県の繁華街で待ちあわせをした。

先に約束の喫茶店に入り、ダイレクトメッセージでやり取りをする。

〈一番奥のテーブル席です〉

〈わかりました。あと五分もかかりません〉

渇く喉にお冷やを流しこみ、深呼吸をする。

もうすぐ年上の女性と初顔合わせをする。おそらく十歳以上は年長だろう。となれば、こちらの顔が悪くとも若さを評価してくれるかもしれない。筋肉も鍛えているし、朝からシャワーを浴びて清潔にしてある。服もおろしたて。ファッションセンスが壊滅していたらすべてご破算であるが――。

「あの……キヨシさんでしょうか？」

「あ、はい」

声をかけられ、清彦は反射的に立ちあがり一礼した。

顔をあげて相手を見て、わずかに目を見開く。

「あの……ミナ元さん？」

別人ではないかと思った。

目の前には美女がいる。

清潔感のあるショートの黒髪に柔和な笑み。ミルク色の薄手ニットのセーターに豊かな胸のラインがくっきり浮かんでいる一方、下は柔らかな生地のロングスカートで尻腿《しりもも》のラインが見えない。

どこに出しても恥ずかしくない清楚な人妻という印象だった。

「はじめまして、ミナ元です。いつもお世話になってます、キヨシさん」

お辞儀の仕方も楚々《そそ》としている。痴女感はまったくない。猥褻な画像や動画をネット上で不特定多数に晒《さら》しているとはとうてい思えない。

彼女は席に着くとカフェラテを注文し、小首をかしげて不思議そうにする。

マジマジと見つめる先は、清彦の顔。

「あの、失礼かもしれませんが……」

「は、はい、なんでしょう」

触れられたくないところに触れられてしまう。清彦は緊張のあまり腋《わき》の下に汗をかいた。顔にも汗の玉が浮かぶ。

「……お顔、可愛らしいじゃないですか」

「ご、ごめんなさい……！　ほんとこんな汚らしい顔で……え？」

「ちょっと眠たげな目が可愛らしいですよ、うふふ」

清彦は言葉を失った。状況が理解できない。

からかっているのか。皮肉なのか。しかし彼女の笑顔からは人の良さしか感じない。本心だと信じたくなってしまう。

「あの……そう、なんでしょうか。一重《ひとえ》だし、まぶたが厚いし」

「うーん、私はいいと思いますけど。美形、ではないかしら。見とれるタイプのイケメンじゃないけど、見てて優しい気持ちになれるというか……あ、赤面してるところもやっぱり可愛い。うん、キヨシさんのお顔、私は好きです」

年上の美人に可愛いと言われると、無性に恥ずかしくて、とにかく嬉しい。

(俺もう今日はどうなってもいい)

それからなにを話したのかはよくわかっていない。

彼女がカフェラテを飲み終えると、いったん昼食に向かった。

彼女の奢《おご》りで焼き肉である。

「大学生の一人暮らしなんて金欠でしょう？　キヨシさんならボイスを売ったり会員サイトでも作れば儲かると思いますけど」

「そうなんですかね？　お金を取るのはちょっと気が引けるけど……」

「私も会員サイト持ってるでしょう？　ボカシの薄い長尺動画を見せてますけど。あの稼ぎがあるから、この焼き肉だって軽く奢っちゃえるわけです」

イタズラを成功した子どものような茶目っ気のある笑顔。美人がやるとひどく可愛らしくて胸がドキリとする。

(俺、今日、このひとと……セックスするのか)

たまらなくなって焼き肉を貪《むさぼ》った。

「いい食べっぷり！　たくさん食べて精をつけてくださいね」

その瞬間、ミナ元の目が獰猛《どうもう》に光った。まるで肉食獣のようだった。

食後、清彦は生まれてはじめてラブホテルに入った。

こちらもミナ元の奢り。手続きもすべて彼女がしてくれた。清彦は緊張してそれどころではない。

「ほんとキヨシさん可愛い」

たびたび彼女が肉食獣の目になると、清彦の芯が熱くなった。

食べられてしまいたいという気持ちと、なにくそこっちが食べてやるという気持ちがせめぎあい、股間に血が集《つど》う。ズボンが痛いほど張りつめる。

「部屋まで我慢しましょうね」

エレベーターでミナ元は清彦の腕にしがみついた。柔らかな双球に腕を挟まれて、清彦の本能がますます荒れ狂う。

「お、俺、これから、ミナ元さんと……」

「セックスするんですよ。会ったばかりの年上の淫乱とオフパコセックス。旦那さまがいる人妻と浮気セックス……うふふ、初体験ですごいことになりますね」

貞淑な人妻の仮面から淫乱が漏れ出している。表情はおっとり笑顔だが頬《ほお》は赤らみ、呼吸がほんのり乱れていた。彼女も興奮しているのだ。

「旦那さん公認ってコメンターでは言ってますけど……」

「黙認と言ったほうがいいかしら。あのひと性欲が薄くて、まえに倒れるまでしちゃったから……でも二週間に一回のセックスはすごいのよ」

「すごいんですか」

「ものすごく叱ってくれるんです。浮気のことを責めて、意地悪して、思いきり乱暴に……そのためにオフパコしてるところもありますね」

蕩々《とうとう》と語る彼女の顔には酩酊《めいてい》の色がある。

おそらく夫に対する愛情は本物なのだろう。ただ、有り余る性欲を処理するためだけに他の男を利用している。

(利用されてるだけなら、むしろ気楽だ)

残念な気持ちもなくはない。が、人妻を寝取って責任を取るほどの覚悟も清彦にはなかった。

エレベーターが目的の階に着いた。

廊下を歩いていく。息が詰まる。ドアのまえで一息吐《つ》いた。

「さあ、キヨシさんが童貞を卒業するお部屋ですよ」

ドアが開かれると、存外に普通の部屋だった。ビジネスホテルのようにシックな色合いで、必要最低限のものしか見当たらない。というより、目に入らない。

一番目立つのはベッド。男女が睦みあう場所。

サイズの大小はよくわからないが、ダブルベッド程度の広さはある。

「もう後戻りできませんね、キヨシさん」

ミナ元はバッグを壁にかけると、硬直している清彦に向きなおった。

たがいに身長は性別平均程度。すこし見あげてくる角度が年上ながら可愛い。やや濃いめのルージュが動くたびに胸が弾《はず》む。

「あらためて──皆口《みなぐち》静枝《しずえ》です、よろしくお願いします」

「あ、え、それって本名？」

「するときは本名のほうが燃えるんです」

「それじゃあ……俺、冬川清彦です」

「うぶなキヨシさんにぴったりのお名前ですね。かわいい」

何度も可愛いと言われて、そのたびに面映《おもは》ゆくてくすぐったい。嫌な気分ではないが、どう答えていいかわからなかった。

「まずはハグで緊張をほぐしましょうね」

静枝は見透かしたかのように笑い、目と鼻の先まで近づいてきた。ほの甘い匂いがする。化粧の匂いと香水の香りが絡《から》みあう大人のフレグランス。

酔いしれて動けない青年の腰に手をまわし、そっと体重を預けてくる。柔らかな胸が押しつけられて、清彦はますます緊張してしまう。

「抱きしめてください、清彦さん」

「は、はい」

彼女の背中に手を回して恐る恐る抱きしめてみた。

「う、わ……ほそっ……や、柔らかい」

静枝が女性として痩《や》せぎすなわけでも、肥満なわけでもない。女性という生き物が男より細くて柔らかいのだろう。その抱き心地に魅せられ、自然と腕に力がこもっていく。女体の感触をもっと確かめたかった。

「ん、ふふ……清彦さん、根はSなのかしら」

「も、もしかして痛かったですか……？」

慌てて手を離そうとするが、静枝がますます強く抱きしめてくる。

「いいえ、ときめきます。男のひとに乱暴に求められるのって。それに私も、ほしいときは乱暴になるタイプですので」

腰と背中をかきむしるような激しい手つきに清彦も燃えあがった。

「し、静枝、さん……！」

「清彦さん……うふふ」

首と首を交差させて深く抱きあう。体を擦《こす》りあう。

体で乳房を押し潰す感覚もたまらない。

呼吸が自然と乱れだしたところ、突然股間に刺激が走った。

「あっ……」

「あら、あら、もうこんなに大きくして……めっ、悪い子っ」

静枝は冗談めかして叱りつけ、清彦の逸物《いちもつ》をいじった。爪でカリカリと亀頭を引っかき、清彦が吐息を漏らすと嬉しそうに笑う。ズボン越しでなければ痛みを覚えていたところだ。当然そのことも把握した愛撫だろう。

（やっぱりこのひと、こういうの慣れてるんだな……）

オフパコのために裏アカを使っているのは伊達《だて》ではない。

夫黙認の割り切ったセックスとは、要するに気持ちよくなるためだけの行為だ。そこに愛情は必要ない。必要なのは自分と相手を昂《たか》ぶらせ、快楽に結びつけるテクニック。言わばエロのプロフェッショナルである。

「お、俺、静枝さん、うっ、ああ……！」

「あら、これは……もしかしたら、ものすごいのかも」

たおやかな人妻の声がとびきり淫《みだ》らな粘り気を帯びた。手指がたくみに動き、ズボンのファスナーを下ろす。開かれた窓に侵入し、ボクサーパンツまで下ろして、あっという間に逸物を引きずり出してしまう。

「あ、ああ……！」

「まあ、まあ、まあ……！　すごく立派……！」

動揺する清彦に対し、静枝はうっとりと見とれて生唾を飲んだ。

さらけ出された逸物は太い血管を何本も浮かべて怒りに震えている。赤らんで反《そ》り立ち、男の臭気を漂わせる。

「ご、ごめんなさい……！　ちゃんと朝からシャワー浴びて洗っておいたんだけど、緊張して汗をかいちゃったから……」

「強烈な匂いですね……熟成したオスの匂いという感じで」

静枝はその場で膝をついた。

隆々と太った肉幹をつかみ、腺液の粒を浮かべた先端に鼻を寄せる。すん、すん、と音を立てて匂いを嗅ぐ。見る間に顔が紅潮していく。

「はあ……ぶっといし、長いし、亀頭もエラが張ってて、ほんとにエグい」

「ごめんなさい……！　き、気持ち悪いですよね……！」

「なに言ってるんですか？　最高のデカチンじゃないですか」

「え、あ、まあ大きくはあるかもですが……気持ち悪くないですか？」

「エグい形のデカチンほど女を狂わせるものはありません」

柔和な笑みを描いていた赤い唇が、きゅっと窄《すぼ》められた。

赤々と膨らんだ亀頭に、ちゅっと吸いつく。

「うわっ、ああ……！　そ、そんなとこ、汚い……！」

「私は大好きですよ、このデカチン……ちゅっ、ちゅっ、ちゅぅぅ」

静枝のキスが何度も肉頭に降《ふ》り注《そそ》いだ。熱烈な吸引で水音が何度も弾《はじ》ける。本気で好きでなければできないことだと思えた。

（このひとは本当に俺を受け入れてくれてるんだ……！）

男にとってもっとも重要で醜い器官。それがペニスだ。

ペニスを愛してもらうことは、自分のすべてを受け入れてもらうことに等しい。

感動に打ち震え、腹の底から熱いものが込みあげてくる。かつて打ち砕かれた男としての自信と、抑えきれない欲情が膨張していく。

「記念写真、いいですか？」

「あ、はい、俺の顔が映らないなら、いいかな……？」

つい気が大きくなって、受け入れてしまった。

「ありがとうございます。それじゃあ……デカチンオフパコ記念いただきます」

静枝は右手にスマホを構えて、左手でペニスを握りしめた。結婚指輪の輝く手で夫以外の男の肉根をしごきながら、ふたたび亀頭にキス。今度は舌を這わせるねっとりフェラチオつきだ。

「あっ、ううぅ……！　気持ち、いい……！」

清彦がよがっているうちに、パシャリと自撮りが行われた。

「うふふ……これからこのデカチンとオフパコしますって夫に送りますね」

「い、いいんですか？」

「あとでコメンターにも載せます。お名前は伏せておきますので」

男をトロフィー扱いする昂揚感に、露出狂的な興奮もあるのだろうか。一見すると貞淑な人妻なのに、やっていることは生粋《きっすい》の淫乱だ。

「それじゃあお待ちかね……しゃぶってあげますね、じゅるっ」

「うあッ……！　あぁああッ……！」

人妻本気の口淫がはじまった。

舌先で亀頭全体を突っついたかと思えば、れろれろと幹部分をなめる。かつてない感触だが刺激としては亀頭への吸いつきより弱い。ぞわぞわと海綿体が毛羽立つようなもどかしさがある。鬱憤《うっぷん》が溜まって男根がますます怒張した。

そこで静枝は亀頭をぱくりとくわえる。

ぢゅるるるる、と激しく吸いながら、れろれろれろと素早く舌を絡めた。

猛然となめしゃぶってきた。

「あっ！　あぁぁ……！　す、すごッ……！　静枝さん、あぁッ……！」

緩急《かんきゅう》をつけたフェラチオに清彦は悶えるばかりだった。

「ふふ、んちゅっ、ぢゅるぢゅるッ、れろぉ……ぢゅぱッ、ぢゅっぱぢゅっぱ」

たおやかだった大和撫子の顔はひどく崩れていた。極太の肉棒をくわえたことで口元が歪んでいる。鼻の下が伸びているし、吸うたびに頬が削げる。整った顔立ちが見る影もないが、惨《みじ》めなまでのフェラ顔には強烈な色気があった。

（なりふり構わず俺に奉仕してくれてる……！）

これもまた男としての自分を受け入れてのことだと思えば、がぜん血がたぎる。

快感が高まり、陰嚢《いんのう》がぐっと持ちあがった。

「ううッ、くうッ……！　し、静枝さん、俺もう……！」

「んふー？　じゅぢゅぢゅッ、れるぅ……ふう、ふう、ふぅ」

静枝は目を細めて見あげてきた。

口に大きなものをくわえながら、とろけた声をあげる。

「濃いの出《ら》ひて」

求められて、耐えられなかった。

「イクッ、出るッ……！」

爆《は》ぜるように射精した。

とろける喜悦《きえつ》と痺れる電流が股間に満ちて、びゅるりびゅるりと放たれる。

今までしてきたどんな射精より気持ちがよかった。その理由は温かな粘膜に包みこまれているからだろう。

「んっ、んっ、んー……ふふ、うふふ」

静枝はペニスを深々とくわえたまま、出されるものをすべて受け入れていた。飲みこむことなく口内に溜めこんでいるので頬がほんのり膨らむ。亀頭にも粘り気がまとわりつくのもまた気持ちいい。

（フェラチオって射精の瞬間まで気持ちいいのか……！）

熟女の包容力を感じる口淫に感動すらした。

噴出が終わると、彼女は唇を強く締めて吸引しだす。

「ちゅるるつ、ぢゅうぅうッ……ぢゅぞぞぞぞぞぞぞッ」

「うわっ、わっ……！　お、奥からッ、あああッ、吸い取られるぅ……！」

尿道に残った精子まで吸い出され、清彦は呆然と静枝を見下ろした。

彼女はゆっくりと頭を引いていく。唇を締めつけたまま、ちゅるんっと亀頭を引き抜く。閉ざされた口は、上を向くとすぐに開かれた。

「あーん」

口腔いっぱいの白いプールに赤い舌が泳いでいる。粘っこい精液をたっぷりかきまぜながら、ふたたびスマホで自撮りをする。さぞかし下品で扇情的な絵面になっていることだろう。

ふたたび口が閉ざされ、ごくん、ごくん、と大きな喉音が鳴った。

「んぐっ、んっ、んぅ……ごくんッ。ふう……すっごく粘っこかったぁ」

「無理に飲まなくてもいいのに……」

「喉に引っかかったほうが精液飲んでるって感じがして好きですよ？　特濃ザーメンご馳走《ちそう》さまでした」

やはり裏アカ女子ミナ元はとんでもない淫乱だった。

ふたりはいったんシャワーで汚れを落とした。

静枝はいっしょに入ろうと言ったが、清彦がひとりで先に入った。すこし頭を冷やしたかったからだ。でなければとんでもないミスを犯す気がした。

だが、さして頭が冷えた気がしない。

シャワーを終えてベッドで待っているあいだも勃起したままなのだ。

(どうしよう……ぜんぜん萎《な》える気がしない)

頭に浮かぶのはコメンターで見たミナ元の痴態だ。

男と交わり、あられもない声をあげる人妻。よがり声は鼻にかかって高く、幼さすら感じられる。清彦よりひとまわりも年上とは思えなかった。

「俺も……あんな声、あげてもらえるのかな」

もし喘ぎ声が小さかったら男として劣等感を覚えるかもしれない。束《つか》の間《ま》の自己肯定感はちょっとしたことで色あせていく。

「お待たせしました、清彦さん」

浴室からバスローブの静枝が現れた。

彼女は「よいしょ」とベッドにあがるなり、バスローブを開いて見せる。素肌がほのかに火照《ほて》ってピンク色になっていた。

「じゃあ、早速……淫乱女の裸をごらんください」

バスローブから腕を抜けば、動画や画像とおなじ裸体が現れた。

ゆっさりと豊かに実った乳房。

たっぷりと膨らんだムチムチの尻腿。

それらの狭間《はざま》で腰のくびれは程々。適度にやんわり肉付いて、どこまでも柔らかそうな体つきだった。

「うふふ、清彦さんのおち×ぽガチガチですね」

「あっ……！」

肉棒を撫でられて清彦の全身がこわばった。

トン、と肩を押されるとたやすく背中から倒れてしまう。

仰向《あおむ》けになった清彦の腰を静枝がまたいだ。

「初めてだからリラックスして、おばさんに全部任せてね。暇ならおっぱいでも触って待っていてください」

「お、おっぱい……！」

彼女は清彦の両手を取り、自分の乳房に導いた。

触れた瞬間、清彦は手の平が飲みこまれるような錯覚を抱いた。まるで粘性の強いヨーグルトの塊に触れたような感触だ。

「す、すごい……柔らかい……！」

手の神経は敏感である。体に当てられたときよりも生々しい柔らかさだ。すこし指に力を入れただけで乳肉が変形する。思わず手が動く。揉《も》み、揉み、もみもみ、と揉みしだく。

「赤ちゃんみたい……ふふ、可愛い子にはご褒美ですよ」

「うッ……！」

ペニスを握られた。

静枝は肉棒をシコシコと上下にしごきながら、すこし腰をあげる。

ふっさりと陰毛に囲まれた波打ち渓谷が見えた。経験豊かな濃い色をしていて、漏れ出す蜜に艶《つや》めいている。

くちゅり、と縦付きの肉裂が亀頭にキスをした。

「あ、あの、静枝さん……！」

「恐いですか？　だいじょうぶ、経験豊富なおばさんが最高に気持ちよくしてあげるから……愉《たの》しく童貞捨てちゃいましょうね」

赤ん坊をあやすように言いながら、静枝は手にしたペニスを動かす。秘裂に擦りつけて愛液をまぶしていく。亀頭の先から漏れ出る腺液もあって、すぐに全体が潤滑液《じゅんかつえき》にまみれた。

「おま×こに入れるときは、よーく濡らしてからですよ」

優しい声音《こわね》が清彦の耳に心地よく響きわたる。

だがその声が不意に尖り立った。

「あっ……！　んっ、こうやって濡らしてると、んっ、あんっ、クリトリスに当たって、女も気持ちよくなれるんです……うふっ、ふッ、ふあっ」

動画で聞いたことのある扇情的な喘ぎ声。がぜん気分が盛りあがる。

「あら……？　またすこし大きくなった？」

「ご、ごめんなさい、静枝さんの声がエロすぎて……」

「ま、嬉しい。それじゃあもっとエロい声あげさせてもらわないと……」

そのとき、静枝は舌なめずりをしていた。

清彦を見下ろす双眸は肉食獣の目つきだった。

「デカチン、いただきます」

片手でペニスを支えたまま、腰を下ろしてくる。

ぬち、ぬち、ぬちぃ、と亀頭が秘穴に飲みこまれていく。

敏感な粘膜と粘膜が密着しながら擦りあう快感にふたりの声が跳《は》ねた。

「うっ、くっ、ううぅ……！」

「はあっ、あぁあ……！　これ、これよぉ……デカチンにゴリッゴリ押し開かれてく感触っ、女はみんな大好きなのぉ……あぁんっ」

挿入が進むにつれて股間が熱くなる。気持ちいいのは間違いないが、つぶさに感じられるほど清彦には余裕がない。

一方、静枝は感極まった笑みすら浮かべつつ、留まることなく腰を進める。

「あぁぁ、デカチン美味《お い》しいぃ……！　素敵ですよ、清彦さんっ、清彦さんの立派なおち×ぽ、すっごくすっごく女泣かせですッ……！」

男としての自尊心をくすぐられ、清彦の興奮は際限なく高まっていた。

やがて漸進《ぜんしん》が止まるときがきた。

くちゅり、と亀頭が突き当たりにぶつかったのだ。

「んんぅ……！　うふっ、奥まで届いちゃいましたね」

「あっ、うぅ……！　静枝さん、俺、俺……！」

泣きだしそうなほど感動的だった。

一人前の男になった実感に全身が打ち震える。もちろん男根も。

「でも……入りきってませんね」

ペニスの根元はまだ秘裂の外に余っていた。だからといって清彦には不満もなかったのだが、静枝はさらなる行動に出る。

「こういうときはぁ……こうやって奥に押しこむんですよ？」

柔腰がねじれて結合の角度が変わった。

たちまち焼けるほど熱い挿入感が清彦の根元にまで広がる。

「あっ、ああ……！　ぜんぶ、入った……！」

「はーい、ぜーんぶいただいちゃいました。とっても美味しいおち×ぽ、ありがとうございます、清彦さん」

静枝はゆっくりと腰の円運動を開始した。結合が浅くならないよう、最奥で亀頭を捉えたまま捻転《ねんてん》する。

「あっ、あんッ、ああッ……！　こうやって女が狂っちゃう角度を探すんですよ、うふっ、んんっ、あーすごいッ、簡単にいいとこ当たっちゃう……！」

「あっ、あああッ……！」

ふたりはしきりに悶えよがった。

ただ棒と穴でつながっているだけなのに、全身が喜悦にビクつく。

とりわけ経験の浅い清彦には耐えがたい快感だった。

「ぐっ、うっ、あああッ……！　も、もう無理、ですッ……！」

つかんだ乳房を思わず握りしめてしまう。

「あっ、あふっ！　んっ、ふふっ、もうイッちゃいそうですか？　浮気大好きなオフパコスケベま×こはそんなに気持ちいいですか？」

静枝にはまだ淫語を唱える余裕がある。腰遣いを緩《ゆる》めて清彦の快感をコントロールまでしていた。

「イキ、そうですッ……！　抜かないと……！」

「そうですね、コンドームしてないから抜かないと中に出ちゃいますね」

くすり、と彼女は悪戯《いたずら》っぽく笑う。

上体を倒して清彦に覆《おお》いかぶさり、耳元に唇を寄せた。

「このまま中出ししちゃいましょう……受精してあげますから、ね」

甘いささやき声が鼓膜を貫《つらぬ》き、脳を麻痺させる。

受精。妊娠。人妻相手には絶対にしてはいけないこと。

けれど――メスを孕《はら》ませるのはオスの本懐だ。

昂ぶりきった本能に火がつくと同時に、パッと股間が爆《は》ぜた。

「あっ、うぅうウッ、出るッ、出るぅうッ！」

言ったときには手遅れだった。

男根を愉悦《ゆえつ》の奔流が駆け抜け、鈴口から噴き出していた。全神経が股間から飛び出しているのではないかと思えた。射精感以外になにも感じられないほどである。

オナニーやフェラチオともまったく違う絶頂だった。全神経が股間から飛び出していくのではないかと思えた。

しかも射精中ずっと熱く震える肉襞《にくひだ》に包まれている。奥へ奥へと導くように蠕動《ぜんどう》して射精を促《うなが》してくれている。

「んっ、んーッ、ふふッ、熱いのいっぱい出てる……」

「ごめんなさいっ、ああっ、中に、うっ、うっ、止まらない……！」

「一回出したのに全然勢いが衰えてませんね……濃くて重たいのぴゅっぴゅ、ぴゅっぴゅって、うふっ、デカチンで精液も多いなんて最高です」

静枝は清彦の頬にキスをした。何度も唇で吸ってきた。耳や首筋にも吸いつく。中に出してもらえた感謝をこめるように何度も何度も。

清彦は精が途切れる瞬間まで幸せな気持ちに包まれていた。

最高の射精だった。

「ああ……静枝さん……」

自然と彼女の体を抱きしめていた。彼女の体温を、重さを、汗ばんだ肌を、たまらなくいとおしく思う。セックスを通じて男女の関係が深まるという話は本当なのかもしれない。

が、同時に射精後に冷静になるのも男のサガである。

「あの……中はやっぱり、マズいんじゃ……？」

「学生で人妻を妊娠させちゃうのは恐いですよね、うふふ……でもだいじょうぶですよ、ピル飲んでますから」

「あ、そうなんですか」

「オフパコするなら当然ですよ。私だって夫に他人の子どもを育てさせるほど、鬼嫁ではありませんから」

「は、はあ、そうなんですか」

浮気という行為自体が、清彦にとってはとんでもない裏切り行為なのだが、自分もその片棒を担いでいるので偉そうなことは口が裂けても言えない。

「それより……まだまだ硬いですね」

「ま、まあ、はい。ぜんぜんです」

彼女と抱きあった状態で匂いを嗅いでいると興奮が収まらない。ペニスをとりまくぬかるんだ肉襞も気持ちいい。

「じゃあ……今度は清彦さんが腰を振ってみましょうか」

「こ、このままですか？」

「このデカチンなら適当に突いても気持ちいいところに当たりますから。さあ、好きなようにパコパコしてみましょう？」

これまでは静枝にすべて任せていた。

今度は自分が彼女を気持ちよくしてあげたいと思った。

「やってみます……！」

清彦は快楽の余韻に痺れた腰を、軽く押しあげてみる。

「あっ……！　んっ、いきなりポルチオにエグいのきちゃいましたね」

「そ、そうなんですか？　軽くやったつもりなんですけど……」

「慣れてない女性にこのデカチンでいきなりガツガツやっちゃいけませんよ？　私はヤリマンですし、もうほぐれてるから、ぜんぜん平気ですけど……あッ」

言葉の途中で突いてみると甘い声が漏れた。

年上の人妻のあげる媚《こ》びた声をもっと聞いてみたい。

そう思うと、がぜん力がみなぎる。

「がんばってみます！」

突きあげた。

彼女の最奥を狙ってごちゅりごちゅりと連打する。

突いて突いて、ひたすら突く。

「あっ、あッ、あああッ！　うぐッ、あぁぁあッ……！　いいですっ、奥好きなんですッ！　もっと、もっと子宮潰してッ！」

「はいっ！　めちゃくちゃに潰してあげますから！」

だから、もっと鳴いてほしい。

思いを込めて突きあげるたびに静枝が高らかに喘ぐ。動画で見てきた淫らな彼女とおなじように。百戦錬磨《ひやくせんれんま》のオフパコ男子に負けないぐらいに。

「うぐっ、ぉあぁあぁあッ……！　清彦さんすごいッ、素敵ですッ、あぁぁあッ、デカチン最高ぉ……！　んっ、あッ、気持ちいいっ、きもちいいぃッ」

彼女のよがりようが演技でないことは肌の熱さでわかる。

次々にあふれる汗でわかる。

抱きしめた肉すら柔らかみを増している気がした。

「静枝さん、柔らかい……！　体ぜんぶ気持ちいいッ！」

触れる場所すべてがマシュマロのようだった。熟女特有の抱き心地に酔いしれる。

膣肉も肉厚で柔らかく、抽送《ちゆうそう》のし甲斐があった。

「清彦さんは硬くて、おっきい……！　すっごく男のひとに犯されてる感じでドキドキするわっ、あんっ、ああッ！　もっと、もっと潰れるぐらい抱きしめてッ！」

静枝もまた筋骨たくましい男の体に酩酊していた。きつく抱きしめられると、奥を突かれるのとおなじぐらい歓喜に震える。

ふたりは同時に大きく腰を脈打たせた。

「また、出るっ、出そうですっ、静枝さんっ……！」

「いっしょに、今度はいっしょに……！　いっしょにイキましょう、清彦さんっ」

ふたりは合意を示すようにたがいを強く抱きしめあった。

腰遣いも激化する。

ふたり同時に腰を引き、そして叩きつける。

摩擦が何倍も強くなり、奥を打つ衝撃も激しくなった。

子宮を穿《うが》たれる悦びに静枝が打ち震える。

全力の一撃を受け止めてもらえる悦びに清彦もわななく。

「ああっ、イクッ、またイクッ、中に出るッ……！」

「あんっ、あああっ！　出してッ、精子出してッ！　ふしだらな浮気ま×こにデカチンの遺伝子ちょうだいッ、ちょうだぃいいいッ」

ラストスパートにふたりの汗が舞い散る。

パンパンパンパンパン、とリズミカルに肉音が鳴った。

快感が高まり、圧縮されていく。

限界に達する。

「ぐううッ！」

動きを止めた瞬間、清彦は絶頂に達した。

どぴゅるるるッ、と今までに負けない勢いで射精する。

「出てるッ、濃いの出てるぅううッ！　ぁあああああッ」

静枝も達した。体内に夫以外の子種を受けて、至福に全身をくねらせる。

気がつくとふたりの背には爪で引っかいた痕がついていた。

それほどまでに激しい交尾をしても、欲望はまったく収まらない。

「も、もっと……！　もっとしたいですッ……！」

「ええ、私もです……次はカメラ位置を変えて」

「え、カメラ？」

いつの間にかベッド脇の椅子にスマホが設置されていた。

「もちろん顔にはボカシを入れますしお名前は伏せておきます。お声も加工してバレないほうがいいでしょうか?」

静枝はどこまでも生粋の裏アカ女子だった。

第二章　コスプレ演奏配信者U子の秘密

今日もメグの声は甘ったるくて愛らしい。

ヘッドホン越しの媚声に清彦の脳が茹《ゆ》だっていく。

「メグ、もっと股開いて」

『やだぁ、やだやだぁ……恥ずかしいよぉ、キヨシくん』

「思いっきり下品に脚開いたメグと、パコパコしたいんだ」

『あぁ、やだぁあ……！』

下劣な物言いにメグは嫌がりながらも声を高くしていく。くちゅくちゅと秘処を触る音も大きく聞こえる。言われたとおり股を開いたのだろう。

「恥ずかしい格好してドキドキしてる？」

『ああっ、いや、いやぁ……！　許して、キヨシくん許して……ッ』

メグの声が上擦《うわず》っていく。水音が加速していく。もう限界が近いのだろう。

「許してほしいの？　やめたほうがいいならやめるけど」

『やっ、いやっ……！　意地悪、言わないでぇ……！』

もはや息も絶え絶えで声もかすれていた。そろそろトドメの頃合いだ。

「なにをしてほしいの？　自分で言わないとなにもしてあげないよ」

清彦が低い声でささやけば、メグはたやすく陥落《かんらく》する。

『おま×この奥に出してくださいッ……！』

「いい子だね。お望みどおりメグのおま×こ、精液漬けにしてあげるからね……！」

平静を装《よそお》っていたが清彦も限界だった。

ふたりは呼吸を速め、快感を高め、絶頂の時を迎える。

「いくぞ、受精しろッ……！」

『はッ、あああッ……！　受精ッ、しちゃうぅうううッ……！』

息《いき》んで果てるメグの声を聞きながら、清彦も精子をティッシュに解き放つ。

『あぁ……好き、好きっ、キヨシくん好きぃ……！』

うわごとじみたささやきも耳に心地良い。

余韻の時間も充実感に満ちていた。

『今日のキヨシくん、いつもよりちょっと強引で、意地悪な感じだったね……』

「嫌だった？　次からはもっと優しくしたほうがいいかな」

『ううん、全然。男らしくて、むしろドキドキしちゃったかも……えへ』

「あまり意識してなかったけど……そうか、男らしかったかあ」

もし態度が変わったのだとしたら、その原因は見当がつく。

童貞卒業で男として自信がつくのは世の常だ。


自信がついたからといって女性に不自由しなくなるわけではない。

もともと静枝はもちろん、メグとも日常的にエロイプしているわけでもないのだ。

性欲は元から強いので一日一回は射精したかった。

メグの自撮り写真以外で主なオカズはネットで収集する。

たとえば――巨乳鍵ハモ配信者、U子。

鍵盤ハーモニカの演奏動画やライブ配信で活動する配信者である。

小学校の定番楽器である鍵盤ハーモニカを大人の技術で演奏する――というコンセプトは、とりたてて訴求力のあるものではない。

ただ、彼女には大きな強みがあった。

バストである。

大きく張り出した類《たぐ》い希《まれ》な巨乳はどうしても目を惹く。

胸を強調した衣装を着るようになると動画の再生数が目に見えて増加した。それがコスプレの領域に達すると人気爆発。もはや演奏でなく体目当ての視聴者が主流となっているが、当人はあまり気にしていないらしい。

ほどなくして、清彦は彼女の裏活動を見つけ出した。

成人向けコンテンツOKの配信サイトでオナニー配信をしていたのである。

『みんな見てる……？　んっ、あんッ、おま×こすっごいことなってるよ……広げてほしい？　うーん、どうしよっかなぁ……いいや、見せちゃう。せーの……じゃーん。おま×こぱっくり、内側まで大公開～』

あられもない姿と猥語で男たちの精を搾《しぼ》りとる配信者。秘処はもちろん目を惹くが、同時に見事な熟乳も男心をくすぐる。

〈これU子じゃね？〉

だれかの憶測は瞬く間に拡散していった。

当人は肯定も否定もせず、ただ、裏活動の名義をUKと改めた。

U子＝UK以外の有力なオカズ候補となれば、色鳥《いろどり》つやみだろう。

彼女も配信者だが、U子と違って姿は見せない。かわりにアニメ風のCGをアバターとしているVtuberだ。表情や動きをCGとリンクさせることで、アニメキャラがリアルタイムでしゃべっているような印象を与えるのだ。

『おはつや〜！　今日もお仕事……じゃなくて、学校がんばってきたぞ〜！』

アバターはブレザーの制服を着た赤毛の女子校生。童顔だが胸とお尻はしっかり育った、いかにもなアニメ絵である。声質もいかにもなアニメ声。メグよりも高く溌剌《はつらつ》としていて、滑舌も抜群にいい。声優学校出身という真偽不明の噂もある。

主な活動内容はシチュエーションボイスやASMR。

シチュエーションボイスとは、要するにセリフ読みだ。

ASMRは特殊なマイクを使って音声を収録し、視聴者に自分の耳元でささやき声や物音がしているかのように感じさせる手法だ。まるで演者がすぐそばにいるような生々しさが、好評を博していた。

とくに色鳥つやみの場合は耳なめをメインにしている。粘っこい水音で一種の興奮を誘う。ついでに好き好き愛してるとささやけば、男たちは多幸感と性的興奮に包まれる。言ってみればセクシャルなコンテンツだ。

そして最近はなんとライブ配信で自慰行為まではじめた。

『あんっ、あんっ、あーやばっ、クリ吸引マジ効く……！　つや民のみんな、シコってるかー？　つやちゃんそろそろイクからいっしょに、あッ、あひっ、いっしょに、イケよな……？　つやちゃんでおち×ぽ気持ちよくなれっ、あーッ、あぁあッ』

アニメ絵の女の子がアンアンと喘ぐのだからオタク直撃である。清彦もアニメ漫画ゲームはそこそこ嗜《たしな》むし、Ｖｔｕｂｅｒのことも多少は知っていた。そこにエロ活動をしている者がいると知って、衝撃を受けたのだ。

そんな配信者たちがメグに次ぐ清彦のオカズだった。

が、最近はより強力なオカズが台頭した。

ＰＣにローカル保存した動画である。

〈先日のオフパコ動画をお送りします。たくさん使ってください〉

ミナ元こと静枝から密会風景の動画が送られてきた。

自分のセックスを客観的に見ると少々気恥ずかしいが、それ以上に興奮する。自分に抱かれてよがり狂う美女を見て昂ぶらないはずがない。

それに自身の体つきにも惚れ惚れする。肌が汗を帯びてきらめくと、筋骨のおうとつがくっきり見えるのだ。引きこもっての筋トレが奏功している達成感もあった。柔らかな女体の対比もとびきり卑猥である。
〈動画ありがとうございます。とても興奮しました〉
〈うちのフォロワーさんからも評価は上々です。モザイク越しでも巨根だとわかると
みんな喜びますね。私もときどき見直して、キヨシさんのおっきいものがお腹をゴワ
ゴワ広げてる感覚を思い出してオナニーしています〉
そこまで評価されると清彦としても鼻が高い。
〈週末また会えませんか？〉
お世辞では絶対にありえないお誘いまでやってきた。
すくなくとも、二目と見られない不細工と思われていないことは確かだ。
応えないはずがなかった。

二度目のオフパコでは部屋に入ってすぐ我慢できなくなった。

彼女を後ろから抱きしめ、柔乳を撫でさする。

「あっ、はあッ……！　今日はとっても積極的なんですね、んっ、あんッ」

「だって、だって……！　静枝さん、そんな格好してきて……！」

静枝の服装は清楚な人妻風だった前回とはまるで違う。

U字型に胸元が大きく開いたスプリングセーターに、ミニのタイトスカート。そしてハイヒール。胸の谷間と太ももを扇情的に見せつける格好だった。

夢中で撫でて、揉んだ。どこもかしこも柔らかいが、やはり乳房が抜群に良い。

「んっ、ふふッ、乱暴な揉み方もいいけど、そうじゃないでしょう？」

優しく叱られて清彦は考えなおした。前回彼女に指南された手つきを思い出す。触れるか触れないかの距離で胸の丸み全体を撫でる。

「あっ、はあっ……そう、そうですよ、んっ、はあッ……！　フェザータッチが一番効きやすいんです……！　最初に感度をあげるのにもいいし、感度が昂ぶってからもしっかり効きますから……んっ、はあっ……！」

静枝が喉を反らして感じ入ると白い首筋が強調された。清彦は引き寄せられるまま首筋に唇を這わせる。手指とおなじく触れるか触れないかの距離感。

「あんっ、ああっ、上手、とっても上手ですっ……！　清彦さんは性戯の飲みこみが早くて、んふッ、ほんとうにオフパコのし甲斐がありますッ……！」

「そう、ですかね……？」

「手も大きくて、指関節の節がゴツゴツしてて、男らしい手って本当に素敵……もう興奮してすっごく汗をかいてきました」

静枝は清彦の手の甲に自分の手を重ね、振り向いてきた。

「いっしょにお風呂入りませんか？」

もちろん清彦は承諾した。

ふたりで服を脱いでいるあいだも、股間は完全に隆起していた。

シャワーを浴びながらたがいに抱きしめあい、浴槽にも湯を注いでいく。

「実は昨日まで親戚の葬儀だったんです。疲れが取れないからお風呂でゆっくりしたい気持ちもあって……でもセックスもしたいから、こうして一石二鳥です」

茶目っ気のあるウインク。ついでに逸物を撫でてくる。

清彦も彼女の乳房を揉んでいたが、股間の刺激に気もそぞろだった。はやくもっと気持ちよくなりたい。自分の体の一番醜い部分を女性の奥深くで受け入れてもらいたい。セックスは自分の存在を認めてもらうための手段と言ってもいい。

「あ」

静枝はなにか思い出したかのように目を丸くする。

「喪服で来たほうがよかったでしょうか？　未亡人っぽくて色気が出るかも……」

「それはさすがに不謹慎じゃないですかね」

「こんなに勃起しておいて良識ぶったこと言うものじゃありませんよ？」

裏筋を指の腹でこねまわされ、喜悦の吐息が漏れる。自然と乳房を揉む手つきが乱れ、力任せに揉み潰すようなものになった。

「んっ、ああッ、これだけ興奮すると乱暴な手つきもいいですよ、はあっ……」

「なら、こういうのはどうですか？」

清彦が乳首を強めにつまんでみると、静枝の背がビクリと跳ねる。

「あッ、んんーッ……！　気持ちいいぃ……！」

「よかった……それじゃあこの調子でいじりますね」

ただつまむだけでなく、手折《たお》るようにひねり、引っ張りもした。静枝には痛がる様子はなく、心地よさげに身をよじっている。

「あんっ、あッ、ああッ……！　清彦さんも気持ちよくなってください……！」

ペニスを握る手も乱暴に動きだす。強く握りしめて上下にしごく、ごく単純だがもっとも効く愛撫だった。

「うっ、くッ、ふうっ……！」

「ああッ、んあっ、はあっ……ひゃうッ！」

ふたりは夢中でたがいを悦ばせた。

とくに清彦は我を忘れていたが、静枝はわずかに理性を残している。

「そろそろお湯に浸《つ》かりましょうか」

お湯が五割ほど入ったところで、ふたりは浴槽に踏み入った。ふたりが身を沈めればかさも増す。肩までしっかりと浸かった清彦の膝に静枝が乗る。

「中もあったかくしてもらいますね」

「あッ……！」

亀頭に粘膜が粘りついた。静枝の秘裂が上からペニスを飲みこんでいく。まっすぐ最奥までたどりつくと、彼女は清彦に抱きついて腰を揺すりだした。

「んっ、ふふっ、中も外もあったまります……あんっ、あんッ」

「お、俺も先っちょまであったまって、すごいっ……！」

清彦も彼女を抱きしめて腰をよじった。膣内の肉襞は熟女らしくよく肥えていて、あちこちで亀頭に引っかかる。前回よりもその感触が緻密に感じられる気がした。二回目で多少は余裕が生まれているのかもしれない。

膣内だけでなく、抱きしめた時の柔らかさも感動的だ。肥満でない範囲でむっちりした肉付きは抱き心地が抜群に良い。

翻《ひるがえ》って膣内も柔らかい。強く突きあげても肉厚の膣壁がしっかり受け止めてくれる。それでいて子宮口のコリコリした硬さも絶妙のアクセントだ。

（女のひとの体って本当に気持ちいい……！）

昂揚感がどんどん股間に集っていく。湯の熱さで血行がよくなっているせいでもあるのだろう。ベッドでのセックスとも違う味わいがあった。

「あっ、あーっ、ああッ……！　そろそろ私、イキそうですッ……！」

「いっしょに、いっしょにイキましょう、静枝さんッ！」

「嬉しいっ……！　こんなおばさんといっしょにイッてくれるんですねッ……！」

「静枝さんはおばさんじゃなくて、綺麗なおねえさんですッ……！」

お世辞ではなく本心だった。年長者の色気はあれど老いは感じない。女の最盛期という印象があった。見た目にしろ、抱き心地にしろ、ハメ具合にしろ。

ふたりはひたすら腰をよじりあい、性器と性器を擦りあった。

ちゃぷちゃぷ、ばしゃばしゃ、と水面が弾ける。

たがいの粘膜が沸点に達する。

「イクッ……！」

年の差十歳以上のふたりは同時に達した。

風呂の湯にも負けない熱い液体がイキ震える肉洞を席巻《せっけん》する。

「はあッ、ああッ……！　んっ、ああッ、はッ、はあ……！　すこし落ち着いてお風呂からあがったら、ベッドでもっと気持ちよくなりましょうね……」

「はい、静枝さん……がんばります」

「清彦さんなら女をよがり狂わせる、とんでもないヤリチンになれると思います」

褒められているのか微妙な評価だが、いまは素直に受け取ることにする。

生身の自分が男として評価されることなど長らくなかった。


清彦はベッドで静枝の指南を受けた。

女を悦ばせる愛撫、ささやき、腰遣いなどなど。

途中、静枝は五回イッた。清彦は二回。

最後のプラス一回を経て、ピロートーク中の静枝は大満悦の様子だった。

「想像以上の吸収力ですね……とんでもないヤリチンを生み出してしまったかも」

「そんな……俺はだれかれ構わずセックスとかできませんよ」

「もちろん相手は厳選したほうが良いでしょうね。とくに口が固い相手でないと後々面倒なことになりますから」

静枝は撮影に使っていたスマホを手に取り、操作しはじめた。

「ちょうどいい女性に心当たりがあります」

「え」

「口が固くて、セックスが上手で、見た目も可愛らしい子たちですよ」

突然の事態に清彦はうまく返事ができない。

スマホの画面を見せられると、さらに啞然として思考が停止する。

「ひとりめはこの子……私よりおっぱいが大きいんですよ」

表示されている画像には、とんでもなく大きなバストが写っていた。

「国崎悠子《くにさきゆうこ》さん。二十五歳で結婚二年目の人妻です」

「また人妻……」

「はい、私とおなじ人妻です。可愛らしいひとでしょう？」

ストレートロングの栗色髪に、垂《た》れ目気味ながらぱっちり開いた目。二十代の若さを溌剌と振りまく笑顔。結婚から間もない時期の無邪気な幸せを享受する清純な新妻、という印象があった。

その一方で、抜群に胸が大きい。

服の上からでも隠しきれない膨らみが圧倒的な存在感を放っている。

静枝と違うのはくびれの激しいひょうたん体型だ。胸をさらに強調するために体型を絞っているのではないか。全身の柔らかさは静枝が上だろうが、スタイルが良いと言われるのは悠子だろう。

「こんなにエッチな体をしてるのに……ご無沙汰らしいんですよね」

「そうなんですか……？　俺ならたぶん、いや絶対に我慢できないと思う」

「旦那さんがお仕事忙しいらしいんです。いつも疲れて帰ってくるからセックスも控えていて。そこにきて先日、単身赴任で遠くに出張しちゃったから——」

静枝はにんまりと笑みを浮かべる。

「信頼できるおち×ぽ、募集中だそうです」

国崎悠子の家は駅を出て程ない場所にあった。

駅前スーパーと道路を隔てて向かいに屹立するマンションである。

ちょっとした高層マンションはベッドタウンのすぐそばでよく目立つ。都会のタワーマンションほどではないが、清彦のアパートとは段違いに豪華だ。ちなみに静枝の住まいはベッドタウンの方にあるという。

「よし……ここか」

清彦は緊張感から無闇に気張ってマンションのエントランスに入った。

オートロックのドアの脇に呼び出し用のパネルがある。国崎家の部屋番号を押して反応を待つ。

『はい、国崎です』

「あ、どうもはじめまして。ミナ元さんに紹介してもらったキヨシです」

『いま開けます』

あちらからの操作でドアが開かれた。

踏みこむとソファやローテーブルの並ぶロビーだった。腰を下ろして一息吐《つ》きたい気分である。ある意味、ラブホテルよりも緊張してしまう。

(他人様の家で浮気オフパコって、いいのかなあ)

今回は旦那公認の浮気ではない。夫のいぬ間の不貞行為である。

欲求不満で旦那につらく当たってしまうより適度に発散したほうがいい、とは静枝の言であるけれども。

「でも、あの胸は……すごかった」

情けない話だが、清彦は画像で見たバストに囚われていた。

両手に余るであろう特大の球肉。そんな淫らな代物《しろもの》をふたつもぶらさげておきながら、清純そうな顔のギャップ。男としてたぎらずにいられない。

「……いこう」

清彦はロビーからエレベーターに乗った。

七階で降りる。

七〇三号室のまえで深呼吸。

これから自分は最低なことをすると覚悟して、インターホンを押す。

二呼吸ほどの間を置いてドアがうっすら開かれた。

「いらっしゃいませ……キヨシさん、ですね」

ドアの隙間《すきま》から怯《おび》えた様子の眼差しが投げかけられた。例の写真と違って眼鏡をかけているせいか、視線の距離感がすこし遠い。

「あ、はい、はじめまして。キヨシです。本日はよろしくお願いしますっ。こちらつまらないものですが、どうぞ」

清彦は深々と頭を下げて菓子折を差し出した。

彼女はきょとんと口を半開きにしたまま、菓子折を眺める。

やがて、くすりと小さく笑った。

「静枝さんの言ってたとおり、礼儀正しい人なんですね……よかったあ」

国崎悠子はドアを大きく開いて、写真どおりの笑顔を浮かべた。

思わず胸がときめく姿だった。

白のミニワンピースに桃色のカーディガンを重ねた愛らしいコーデ——なのだが、カーディガンの前が大きく開いている。ワンピースも胸元を開いたノースリーブのため、透きとおるように白い上乳がよく見える。

（やっぱり、でっかい）

寄せてあげている様子もなく、ナチュラルに谷間が深い。たっぷり実った球状の果肉は恐ろしく重たげだ。ワンピースが短いのも胸に押しあげられているからではないかと思えた。

「おあがりください、はやくはやく。ご近所さんに見つかっちゃいますよ」

「で、ですね。急ぎます」

明るい表情で急《せ》かされるのが不思議と心地よい。眼鏡をかけていると神経質な印象になりがちだが、彼女には溌剌感しかない。眼鏡の縁の色が明るい赤紫だからか、彼女自身の人柄なのか。

「ほらほら、どうぞどうぞ」

清彦は慌てて国崎家に踏みこんだ。

当然ながら清彦の１Ｋアパートよりずっと広い。玄関から短いながらも廊下が伸びている時点で空間の使い方が別格だ。廊下の突き当たりのドアを開けば、ダイニングとキッチンがカウンターで半分仕切られている。さらにリビング相当の空間もあり、三人掛けのソファがゆったりと置かれていた。

「いいおうちですね」

「うちのひとがお仕事がんばってくれてるから。そこに座って待っててください。いまお茶を淹《い》れてきますから」

悠子は手の平でソファを指し示して着席を促した。

白くてふわふわのソファに腰を下ろす。可愛らしいデザインからして、夫でなく悠子が選んだのだろう。部屋の装飾や家具、小物なども女性的な可愛さや清潔感が漂うものが多い。

(旦那さんが奥さんの趣味に合わせてるのか、買い物してる暇もないのか……)

探偵じみた詮索《せんさく》をしながら、悠子の後ろ姿を見やる。

彼女はカウンター越しのキッチンでお茶を淹れていた。妙に上機嫌な様子が見ていて楽しい。理想的な新婚家庭の風景だと思える。腕と腋のあいだから胸の丸みが覗けるのも男心をくすぐった。

じっと見ていると我慢できなくなる気がしたので、視線をあちこちに向ける。

リビングの脇にもドアがあり、わずかに隙間が開いていた。

隙間の向こうはリビングに輪をかけて可愛らしい。かすかに覗ける範囲で判断するなら、少女趣味と言ってもいい領域だ。

「……ん？」

部屋の奥に棚《たな》があり、そこに飾られているものが清彦の目を引く。見覚えのあるものだったのだ。

「ごめんね、ドア閉まってなかったみたい」

悠子は小洒落たトレイを両手で運びながら、足でドアを閉めた。はにかみ笑いで不作法を誤魔化し、ローテーブルにトレイを置く。その際、屈み気味になって胸がどっぷりと垂れ下がる。ワンピースが悲鳴をあげている気がした。

「どうぞ。たっぷりミルク入れちゃったティーです」

やはり小洒落たデザインのティーカップにミルクティーが波打っていた。お茶菓子はクッキー。清彦は「いただきます」と宣言してティーカップに口をつける。芳醇《ほうじゅん》でスパイシーな香りと甘くて濃厚な味わいが口内に広がった。

「あれ、これ紅茶じゃなくて……」

「ええ、チャイです！　最近ちょっとハマってて。どうせお客さまを迎えるなら、いま一番美味しいと思うものをご馳走したくて」

「たしかに美味しいです。クッキーももしかして……」

「残念、それは普通にスーパーで買ったやつ」

ふたりはくすくすと笑い声を重ねた。

チャイとクッキーを楽しみながら、他愛ない会話をする。

「なんだかキヨシさんって話しやすい方ですね。安心しました」

「悠子さんこそ話しやすいですよ。俺、けっこう人見知りするタイプですから、今日だってかなり緊張してたんです」

「私もですよ、おなじおなじ。静枝さんがいきなり男の子紹介するなんて言うからビックリしちゃったけど、キヨシさんで本当によかったあ」

ふたりの会話には和《なご》やかな空気が漂っていた。

悠子を相手にすると気持ちが自然とリラックスする。大人の雰囲気で優しく包みこんでくれる静枝ともすこし違う。ちょっとだけ年上の気さくで可愛いお姉さん、という感覚だろうか。

(それに……なんだかこの声、聞き覚えがあるんだよなぁ)

聞いたことがあるから違和感なく会話できるのかもしれない。

だとすれば、いったいどこで聞いたのか。

脳裏によぎるのは、先ほどのぞき見た部屋の棚。飾られていた楽器。

「キヨシさんって声いいですよね」

「え、あ、それは……どうも、ありがとうございます」

「その低音でちょっと可愛い反応するのおもしろい。シチュボだとドS声とかやってるのに、ギャップでドキッとしちゃいますね」

「いやあ、台本どおりに読むだけならいけるんですけど……」

「えっちしてるときは結構Sっぽいって静枝さんは言ってましたよ？」

「あれは勢いと言うか！　ついつい思わずというか……！」

「ふうん？」

悠子は頬に人差し指を当てて小首をかしげるようにした。年上なのに愛らしい仕草が清彦の胸に響く。しかも彼女はローテーブルを挟んで向かい側から膝で移動してくる。ソファに登り、清彦のそばに寄ると、耳を近づけてきた。

「ちょっと耳元でささやいてみてください」

「え、今ですか？」

「はい、今です」

彼女の髪からほのかに甘い香りが漂ってくる。シャンプーの匂いだろうか。清彦が来るまえに入浴していたのかもしれない。

「先月投稿してた無理やりシチュみたいな感じで……ダメですか？」

「先月の無理やりシチュって言うと……」

かなり乱暴なセリフの多いフリー台本だったと記憶している。

少々気が引けるが、ご要望とあらば仕方がない。匂いを嗅いで興奮していることもあり、清彦はあっさり覚悟を決めた。

呼吸を整え、すこしだけ唇を耳元に寄せる。

声を喉に響かせ、得意の低音台詞を解き放った。

「さっさとビショ濡れのだらしねえ穴使わせろよ、ま×こ女」

「ひゃあっ」

悠子は背をぶるりと震わせて飛び退《の》いた。

「あ、ごめんなさい！　やっぱり今のは言いすぎでした！」

「い、いえいえいえ、とんでもない！　ちょっと想像以上に効いちゃって、えーと、ふう、はあ、ふう、はあ……よし落ち着いた！」

大袈裟《おおげさ》に深呼吸をする若妻が楽しくて、清彦は吹き出してしまった。

「そんなにですか？」

「そんなにですよう。キヨシさんの声ヤバいです、まだ脳が痺れてるみたい」

頰を染めて照れ隠しに笑う悠子。

胸は当然大きい。

抱きたい、と清彦は本能的に思った。

「そうだ、キヨシさん。せっかくだから、お部屋でお話しましょうか」

顔をさらに赤くしながら、悠子が誘う。

「じゃあ、お言葉に甘えて」

清彦はソファから立ちあがり、先ほど閉ざされたばかりのドアに向かう。ちょっと前まで女性が苦手だったとは思えないほどの大胆さだ。

以前は異性との関係などネット越しでしかなかったというのに。

「どうぞ、キヨシさん」

ドアが開かれた。

白とピンクが多めの少女趣味の部屋だった。棚やタンスも同様で、ベッドもフリル多めで白っぽい。

とりわけ目立つのはPCデスク。コンピューター機器はもちろんゲーミングチェアまで可愛らしいデザインで揃えている。ヘッドホンとマイクも同様だ。

そしてＰＣデスクの横の棚に、やはり見覚えのある楽器がある。鍵盤ハーモニカだ。

「……Ｕ子さん？」

思いついた名前が口を突いて出た。

巨乳鍵ハモ配信者、Ｕ子。彼女が使っていたのとおなじ楽器。部屋の内装も動画やライブ配信の背景とおなじではないか。

そこに特大のバストまで加われば、疑う余地がないのではないか。

「え、あ、いえ、いえいえいえ……あの、それは……えええ？」

すでに赤らんでいた悠子の顔がトマト並に紅潮する。胸元で両手をバタバタさせて誤魔化そうとするが、適切な言葉が出てこない。

そう言えば、配信者のＵ子も「いえいえいえ」が口癖だった。

やがて観念したのか、彼女ははにかみながら苦笑する。

「静枝さんから聞いてました？」

「いや、この部屋を見るまで気付きませんでした。いつも動画とか拝見してます」

「裏のほうも見ちゃってます……？」

「ええと……はい、使わせていただいてます」

「それはバレちゃうよね……うん、じゃあもう仕方ない！　はい、鍵盤ハーモニカ演奏系配信者のU子です！　証拠に吹きます？」

ヤケクソ気味に鍵盤ハーモニカを手に取る彼女を、清彦は手で押しとどめた。


配信者U子の特徴と言えばコスプレ演奏である。

胸を強調した衣装とそうでない服で動画の再生回数が桁ふたつみっつ違う。

「最初はヤケだったけど、慣れたら楽しくなってきて……」

と言って、U子はコスプレ姿を披露した。

「おお……ナース、ですね」

ただの看護制服ではない。白地に赤い縁取りのミニスカワンピースである。体にぴったり張りつくデザインは古《いにしえ》のボディコンじみている。白のニーソックスで太ももを強調しているのもインパクトが大きいが、なによりも、やはり胸。

胸元が大きく開いていて、谷間はもちろん乳膚が半分ほど覗けている。それ以外の部分は特大のバストを無理なく包みこんでもいた。

「もしかしてオーダーメイド……？」

「はい、知り合いが作ってくれました。ナース帽がなかったらなんのコスプレかわからんって言われましたけど」

胸が大きいだけでなく、腰がくびれて脚が長い。色っぽくも美麗なスタイルを強調する衣装は、生で見ると動画以上に扇情的だった。

「うちのひとはこういうの興味がなくて……動画以外で使う機会ないんです」

「それは……もったいないですね」

「でしょ、でしょ！　だから今日は、ノリでガンガンいっちゃいますね」

悠子は開きなおった笑顔だった。表の動画でも裏配信でもマスクで隠されていた顔がはっきりと見える。隠すのがもったいない溌剌とした美人だった。これから浮気をするというのに悪びれた様子がない。

(旦那さんにも普段からこんな感じで接してるのかな)

仕事で疲れた夫を明るい笑顔で励まし支える新妻。想像すると理想的な新婚生活に思えるが、実態は浮気に乗り気な不貞妻である。おこぼれをいただく身で良識を問えるわけもないので黙っているが。

「さあ患者さん、診察しますのでこちらにどうぞ」

「あ、なるほど。コスチュームどおりのプレイなんですね。わかりました」

清彦は促されるままベッドに座った。ふわりと優しい匂いが漂う。彼女の体臭が染みついているのだろうか。だとしたら男とは別の生物のようだ。

「患部を見せてもらいますねー」

ベッド脇に膝をついた悠子に、ズボンのファスナーを下ろされていく。ときどき金具が引っかかる。手際があまり良くない。

「慣れてないいんですか？」

「それは、まあ、恥ずかしながら……結婚するまで経験がなくて」

「結婚してからは旦那さん以外とは？」

「これが初めてだけど、もっと経験豊かなほうがいいかしら……静枝さんみたいに」

「いえ、そうでなく。裏であんなことしてるから……」

意外だった。UK名義でのオナニー配信では相当過激なことをしているのに。

「オナニーは……昔から趣味で嗜んでたから……」

気恥ずかしそうに声を抑えた途端《とたん》、するりとファスナーが降りた。力が入りすぎていたのかもしれない。

パンツをずらして逸物を取り出すのも少々手間取った。

出てきた肉棒に悠子は目を丸くする。

「うわあ、すっご……静枝さんに見せてもらった画像とおんなじ……」

悠子は興味津々《しんしん》の様子で寄り目気味にペニスを見つめていた。それでいて吐息は熱く甘くとろけていく。

「旦那さんとくらべてどうですか？」

「ぜんぜん違う……あのひとよりずっと大きいし、ゴツゴツしてて……」

ごくり、と息を呑む若妻の姿に清彦の胸がすく。ずっと醜いと思いこんできたモノが女を魅了するのだ。自尊心が満たされて心地良い。

もっとだ。もっと、自己肯定感をあげていきたい。

「治療してください、悠子さん」

「は、はい！　がんばりますねっ」

悠子は左手で肉棒の幹を握り、右手で亀頭を撫でる。

「すごく熱くなってますね……血管も太くて、カリも広がってて……これ本当に入っちゃうの……？」

「サイズ的には悠子さんが配信で使ってたのと大差ないような……」

「たしかにそうだけど……熱いし、男のひとの体とつながってるし、なんだか迫力がぜんぜん違うっていうか……あっ、先っちょからぷちゅって汁が出てきた！」

キャーキャーと騒ぐ姿がやけに微笑《ほほえ》ましくて、海綿体がますます大きくなる。

「ますます熱くなってる……これは、マッサージしないとですね」

悠子は上体を清彦の股に押しつけてきた。

ナース服の隙間でむっちりと盛りあがる乳房の中間に、亀頭が当たる。

「体にいいお薬を使います。ちょっと冷たいですよー」

どこから取り出したのか、筒状容器から胸元に透明なローションが垂らされた。谷間を伝ってペニスにもまとわりつく。ヒンヤリして萎えそうになる——が、その粘り気が適度な潤滑となり、亀頭がぬるりと胸の谷間に突き刺さった。

「あっ……！」

「はーい、おっぱいでむにむにマッサージですよー」

さらにペニス全体が乳間に飲みこまれた。亀頭の先までみっちりである。豊潤に実りきった球肉でなければはみ出しているところだ。

肌とローションのなめらかさ。挟みこんでくる肉の厚みと柔らかみ。女性を象徴するような感覚が男根いっぱいに染みこんでくる。

「す、ごいっ……！　悠子さんのおっぱい、でっかいし柔らかい……！」

「キヨシさんもすっごく大きくて、硬い……とってもご立派なおち×ちん……マッサージのし甲斐がありますね」

悠子は乳房ごとペニスを手で圧迫した。柔肉がひしゃげて縦長になった分だけ、海綿体に圧力がかかる。それだけでも気持ちいいのだが、さらに乳肉を上下に動かす。

ゆっさ、ゆっさ、と重さを感じる動き。

「おっ、おおっ、ヌルヌルで気持ちいいっ……！」

「まだまだですよ。もっと気持ちよくなって悪いモノ出しちゃいましょうねー」

乳肉が揺れる。恐ろしくダイナミックな躍動だった。男ならだれでも見とれてしまうだろう。配信でも視聴者はみんな胸の動きに魅せられていた。

（それをいま、俺が独り占めしてるんだ……！）

もはやこれはただの浮気ではない。

若妻を夫から奪っているだけではない。

万人に上る熱狂的なファンから巨乳配信者を奪っているのだ。

でも、と思う。せっかくなら、と欲が出た。

「悠子さんはどうなの？　興奮してる？」

「ええ……？　それは……言わなきゃダメですか？」

「言ってくれたら嬉しいかな。ねえ、悠子さん。濡れてるんじゃないですか？」

「……はい、濡れてます」

上目遣いの瞳がとろりと潤《うるお》っていた。いままでとは反応の種類がすこし違う。どう違うのかは、清彦にはまだよくわからない。ただ、昂ぶった。

「パイズリして興奮したんだよね」

「しちゃってます……下着グショグショです……」

とろりとした目で、息を乱しながら答える悠子。乳房を動かす手つきも激しくなり、ぱちゅんぱちゅんとローションが弾ける。

「旦那さんにパイズリは？」

「あまりしてない、かな……あのひと敏感すぎるし、一回出したら終わっちゃうから、あんまり前戯してあげられなくて」

「本当はご奉仕したいタイプなんだね、悠子さんは」

「そうかも……んっ、んっ」

なんとなくだが、悠子の気質がわかってきた。似たような部分は静枝にもあったが、より強く根深い性癖だ。

そこを刺激するべく、清彦はスマホを取り出した。

「録画するから治療をつづけてください」

「え、録画って……」

「撮られてるほうが気合い入るでしょ？　配信者なんだし」

さきほど聞いたところによると、裏配信は欲求不満から始めたものだという。夫との夜の生活が淡泊で回数もすくない。かと言って仕事で疲れた夫を酷使したくもない。ならばオナニーだ、となるのは妻として当然のことだろう。

だがわざわざ不特定多数に見せつけるのは、表配信で癖になったかららしい。なら撮影したほうが彼女も昂ぶるに違いないと清彦は考えた。

「公開はしないから素直に答えてください。浮気パイズリ気持ちいい？」

悠子は露骨に喉を鳴らした。腰尻が切なげに悶える。

「気持ちいい……です」

「ほらほら、笑って。浮気楽しいですって」

「浮気、たのし……い……や、ダメ、やっぱり、それは……」

「いまさら急にどうしたの？　旦那さんに悪いと思った？」

「だって……だって……」

恥ずかしげにカメラから目を逸らすが、胸の揺さぶりは止まらない。ペニスが気持ちよくて清彦もとろけそうだが、強気な態度をなんとか保つ。

「じゃあファンのみんなに言ってみようか。みんなの大好きなU子のおっぱい、年下の男の子に使ってもらってますって」

「それもみんなに悪いですっ……」

「みんなもきっと興奮するから。U子ちゃんがデカチチ使って男を悦ばせてるところとか絶対に見たいって言うよ、ほら」

強引に押しながら、指先で彼女の乳房を撫でてみた。ナース服からぽっちり浮き出た尖りに爪が当たると、悠子の肩が大きく跳ねる。

「はひぃッ」

思ったより効いた。しかも大きい。乳肉が実った分だけ乳首も大きいのだろう。付け加えるなら、おそらくブラジャーは付けていない。

「申し訳ないなら謝って。みんなよりたくましいデカチンにパイズリしちゃってゴメンなさいって。ほら、ほら、ほら」

「ひっ、あっ、ああッ……！」

カリカリと乳首を引っかくと、彼女の口がゆっくりと開きだした。

「ごめん、なさい……みんなのためのおっぱい、すっごく立派なデカチンを気持ちよくするために、使っちゃってます……んんッ」

「笑って、ピースして」

畳みかけると、切なげな顔に引きつり気味の笑みが浮かんだ。柔乳を手首で押さえたまま、人差し指と中指が立てられる。

笑顔のダブルピース。ついでに手首がぐっと力む。双乳が強烈に締めつけられ、男根にも圧迫が入った。

ぐっと清彦の股間が持ちあがる。

「イクッ……！　出るッ、U子の巨乳にッ、出るッ……！」

夫がいて、ファンがいて、大勢に愛される巨乳美人配信者。

そのもっとも魅力的な部分に、快楽のほとばしりを叩きつけた。

絶頂に身をすくめるついでに、乳首をきゅっとつまむ。すると連鎖的に彼女まで肩をすくめ、小刻みに胴震いしはじめた。

「はっ……！　あ、出てるっ……あっ、ああッ……！　あーッ……！」

笑みが歪み、ダブルピースがゆるむ。乳首への刺激だけで配信者U子は法悦の果てに達していた。その様子を見ていると、清彦は快感の忘我にあっても止めどない感動を覚えるのだった。

彼女はけっこうなマゾヒストなのだ、と。

パイズリ後も清彦の巨根は萎えることがなかった。

最高のメスの責め方がわかって血が騒ぐ。

「ナースが治療中にイクのは規定違反だから、罰を与えないとね」

「だ、だってそれは、キヨシさんが乳首いじめるから……」

「いじめられてイクところ録画されちゃったよね」

「う、うぅ……」

羞恥《しゅうち》と興奮に身悶えする悠子がたまらなく色っぽい。

(俺ってこんなだっけ？)

以前の自分はこれほど嗜虐的《しぎゃくてき》ではなかった——と思ったが、すぐ考えなおす。メグとのエロイプではよく責めっ気を出していた。彼女が悦んでくれるから演じていたつもりだが、もしかすると。

(俺ってSなのかも)

静枝との初体験を経《へ》て、本性が開花したのかもしれない。

「ほら、立って。折檻《せっかん》するからこっちにお尻向けて」

「折檻……しちゃうんですか？」

悠子はつらそうに眉を垂らしているが、立ちあがって素直に背を向けた。よく見てみれば内腿《うちもも》が濡れているし、ニーソックスに染みができている。やはり先ほどの責めが効いたのだろう。

「あ、もうちょっと横にずれようか」

「こっちですか？　こっちは……あ、鏡が」

「このほうがU子さんの恥ずかしいところがよく見えるからね」

正面の姿見を見れば、彼女の乳房が粘液にまみれているのがわかる。泡立ったローションと精液が混ざって、ひどくムラのある濁液となっていた。欲望に汚れた肉の丸みに股間がますますたぎる。

「ついでにスマホもこっちに置いといて、と」

ベッドのヘッドボードにスマホを設置しておく。悠子の姿と姿見を斜めから撮影できる角度だ。

「また、撮るんですね……」

「はい。U子さんのスケベなところをきっちり記録しておきますから」

清彦はベッドに座ったまま、目の前の尻を思いきって鷲づかみにした。

「ひゃんッ」

「U子さんってお尻も大きいよね。腰がくびれてるから余計にそう思うんだろうけど、この揉み心地はなかなか」

「あっ、やだっ、あぁぁ……！」

乳房よりも弾力が強い尻肉をしっかり揉み潰す。自然とナース服の裾がめくれて、清彦は「ほう」と感嘆した。下着を穿《は》いておらず、秘処が丸見えだ。

小陰唇が波打ちはみ出した大人の秘処だが、静枝ほど色は濃くない。なにより恥毛の茂みが見当たらない。かすかに剃《そ》り跡《あと》が残っていた。

「配信のために剃ってるんですか？」

「はい……そのほうが見やすくなると思って」

「みんなにおま×こ見てもらいたかったんだね」

「そ、そう、です……！　アソコ見られるって思ったら興奮しちゃう……！」

「すっごい淫乱穴だよねえ、コレ」

清彦は片手で肉棒を支え、もう一方の手で悠子の腰をつかんだ。引っ張る。彼女が中腰になると、ヒクつく縦割れが亀頭に接触した。

ぬちゅり、と媚唇が男の先端をくわえこむ。

ぬるり、ぬるり、と飲みこんでいく。

「うっわ、すごい勢いでチ×ポ食べてくよ」

「それは、あッ、ああッ、キヨシさんが腰引っ張るから……！」

「勝手に腰下ろしてるくせに。本当は根元まで頬張りたいんじゃないの？」

「あんっ、ああっ、あーッ……！　入っちゃうぅぅ……！」

あっという間に悠子の尻は清彦の股に密着した。

肉棒は根元まで飲みこまれ、先端が最奥にぐりぐりと当たる。

「ひいッ、ひッ、ひっ、ふぅ、ふぅ、お、おっきいッ……！」

「旦那さんよりデカいの入っちゃったね……おぉ、すっごいウネウネして、ビクビクって痙攣して……あ、もしかしてイッてない？」

「イッて、なっ、ないッ……！　あっ嘘、イッてるかもッ……！　あーッ、あっ、おっ、奥すごくてッ、んあぁああッ！」

膣内の痙攣は瞬く間に背筋まで広がった。

震えるたびに豊乳が揺れるのは正面の姿見でよく見える。

「せっかくだから……よっと」

「きゃっ」

清彦は彼女の腋に手を差しこみ、ナース服の胸元を強引に開いてみた。

ぬぽんっ、と生乳が粘液の糸を引きながらまろび出る。一気に倍以上も膨らんだような揺れ具合に、男の本能が騒ぎだした。

「お尻振って、U子さん」

軽く肉棒を抽送すれば、絶頂冷めやらぬ膣内が苦しげに引きつった。

「ひっ、あああッ……！　ま、まだイッたばかりで……！」

「ほらこういうふうに、お尻でのの字を書くように！」

よくくびれた腰の下、大きく張り出した肉尻を両手で強引に動かす。の、の、と字を描くたび、上半身まで震動が伝わって柔乳が弾んだ。

「あーっ、あーッ、あーッ、あーッ！」

「あーほんとにエロいっ、U子さんエロすぎッ！　これは悪いナースだっ！　悪い配信者だっ！　悪い浮気妻めッ！」

「やっ、いやッ、ごめんなさいッ、許してぇ……！」

口では嫌がり謝罪しているのに、腰は勝手に動きだしていた。清彦の手が離れても止まらない。ぐりんぐりんと捻転し、おのれの腹で巨根を味わっている。

清彦は前のめりになり、空いた手で乳房を揉んだ。

触れただけで重みを感じるほどたわわで、指がどこまでも沈んでいく。

「すごいッ、ああッ、これ本当にデカすぎるッ……！　こんなおっぱい見たことないッ、触ったことないッ！　旦那以外の男に晒しまくってる淫乱巨乳ッ！　年下の大学生に揉まれて熱くなってる浮気デカパイッ！」
不慣れな言葉責めだがスラスラと口をついて出る。重ねるたびに秘裂が幸せそうに締まるのだからやり甲斐もあった。

いつしか清彦はベッドから腰をあげていた。

立ちバックの体勢で悠子を突く。

パンパンパンとリズムを刻む。

重たくて手に余る乳房を乱暴に揉み潰し、爪で乳首を潰す。

「あんあんあんッ！　あーッ、あひッ、ぁあああッ！　すごいッ、激しッ、奥ズンズンきてるっ、大きいので壊されちゃうッ、犯されてるぅうッ！」

彼女の言うとおりレイプのように乱暴な腰遣いだった。

女性をいたわる気持ちがまったくない、自己満足な抽送。だからこそ彼女のM性を刺激していることもわかった。なにせしとどに漏れ落ちる愛液が清彦の脚まで濡らしているのだから。

「U子さん、浮気セックス楽しぃ？」

「いや、いやっ、恥ずかしいっ」

「鏡見てよ。そんなトロトロの顔してて言い訳できると思う？」

「ああ、いやあぁ、こんなの、こんなにえっちな顔……！」

きゅうぅう、と膣肉が圧を増した。夫よりたくましいペニスに媚びついている。もっともっと犯してくれと言っているかのようだ。

「旦那さんともしたことないコスプレセックス楽しいよね！　ファンがみんなハメたがってるま×こ、めちゃくちゃに突きまくられるのって気持ちいいよね！」

思いきり乱暴に突いた。

乳房から腰に手を滑らせ、引き寄せながら突いた。

勢いあまって前に傾《かたむ》いたので、悠子は姿見の縁をつかんで体勢を保つ。自身の淫らな悦顔を間近で見て、また秘蜜をあふれさせる。

「あああっ、いやッ、ダメっ、ダメぇぇえ……！　もう、もうッ……！」

「俺もイクッ、イキますッ……！　中に浮気精子出すッ！」

コンドームはつけていない。彼女も必要だとは言わなかった。きっと静枝とおなじようにピルを飲んでいると信じて、清彦はラストスパートをかけた。

ばちゅばちゅ、どちゅどちゅ、と浮気穴を鳴らす。

虐《いじ》めるように、仕置くように、ハメ潰すように激しく。

ナース帽がずれて落ちかけるほどに。

「ぁあああッ、あーッ、あーッ！　イクッ、イクイクイクッ、イグーッ！　イッグぅううぅうううぅぅうううッ！」

悠子は鏡で頬と乳肉を押し潰しながら歓喜の頂点に悶えた。

悶絶は膣肉の震えとなり、襞粒が男根に絡みつく。

「うっ、おおッ……！」

ビューッと精子が飛び出した。どぴゅる、どぴゅどぴゅ、と大量の汚汁が噴出する。

穢《けが》れた欲望のエキスを女の胎内で受け止めさせる悦びに、身も心も打ち震えた。しかも相手は愛する夫のいる人妻だ。背徳感と罪悪感すら射精のスパイスとなる。

ふたりは法悦に浸って無限とも思える時をすごした。

射精が止まってしばし経つと、悠子は深く息を吐いて涙を流す。

「しちゃった……本気の、浮気……」

悲しげに呟いたかと思えば、後ろの清彦に流し目をくれる。

「ぜんぶ撮ったんですよね……」

「あ、いえ、撮ってませんけど」

「えっ」

「そりゃそうですよ。証拠残したらまずいし……」

Sに振る舞うことはできても、静枝ほど撮影に積極的にはなれなかった。

すると悠子は残念そうに嘆息する。

「後で見ながらオナニーしたかったのに……」

「そういうもんですか……？」

「そういうもんですっ。じゃあ今からでもほら、私のスマホで」

悠子は自分のスマホを取り出し、録画を開始して清彦に手渡してくる。

「ちゃんと浮気した記録、撮ってくださいね」

彼女の腰が引け、ぬぽん、と逸物が抜けた。

清彦は慌てて彼女の股間にスマホカメラを向ける。

半開きの肉唇から濃厚な白濁《はくだく》が塊となって垂れ落ちていく。

「はい、ピース」

晴れ晴れとした笑顔とピースもしっかりカメラに収めておいた。

「ではこの調子で……次の衣装に着替えましょうか」

つづけて警察コスチュームやビキニ水着などでのプレイがはじまる。

清彦はそのたびSっ気を発揮して悠子の歓心を買うのだった。

第三章　Ｖｔｕｂｅｒ色鳥つやみの偽装セックス配信

ティッシュ箱をＰＣデスクに設置。

ズボンを下ろして逸物を取り出し、ゲーミングチェアに浅く座る。

準備を万端にしてＰＣと向きあった。

通話ボタンを押す。

すぐに相手が通話を承諾し、ビデオチャットがはじまった。

『どうもキヨシさん、今日はよろしくね』

現れたのは、白のブラウスにタイトスカート、ピンク縁眼鏡の、ＯＬか女教師風の女性だった。カメラからすこし距離を取り、椅子でなく床に座っている。脚をＷ字にして床にぺたんと張りつけるアヒル座りだ。ベージュのストッキングは色っぽいが、座り方は可愛らしい。彼女らしいギャップだと思う。

「どうも、Ｕ子さん」

『あ、この声。こうして聴くといつもの声って思っちゃうかも』

U子こと国崎悠子はコードレスのヘッドホンをさすって笑う。年上の女性なのにやはり可愛い。それでいて、ピンク縁の眼鏡の位置を直す仕草が大人っぽくて色っぽい。やはりギャップが面白い女性だった。

『それじゃあ……秘密の個人通話はじめちゃいましょうか』

「お願いします、はい」

白い手が胸の丸みをなぞった。あらためて見ても素晴らしく大きい。小さめのブラウスがピチピチに張りつめ、浮いた前立てから肌色が覗ける。いつボタンがはじけ飛ぶかもわからない。

『どこ見てます？　やっぱり、おっぱい？』

「はい……すごく大きいので」

『触りたい？』

U子は柔玉を手の平で下からすくいあげた。ぐにゃりと形を変えて持ちあがった膨らみを、パッと手放す。落下の衝撃でダイナミックに弾む。

「触りたい……U子さんのおっぱい、柔らかいから」

『柔らかいところだけじゃなくて、硬いところも触ってほしいかな』

U子は開いた手の平を手首のスナップで上下に振った。五指の先で乳房の先端を擦り、楽しげに甘い吐息を漏らす。

『はあ、ぁあ、んっ、こうしたらすっごく気持ちいいの……』

「いつも配信でしてますよね」

『そう……最初はね、こうしておっぱい気持ちよくして……ほら、見て』

手をどけるとブラウスに新たな皺《しわ》が生まれていた。柔胸の先端が尖って内側から押しあげているのだ。親指の先ほどはありそうな肥えた突端である。

『乳首ちゃん、こんなになっちゃった……えっちでしょ？』

ビデオチャットでのU子は直接会うより積極的だった。乳首を指でこねて喘《あえ》ぎをあげることにも躊躇《ためら》いがない。

『はあっ、気持ちいい……乳首ちゃんいじめるの好き……あんっ、あんッ』

快感に溺れる姿を他者に見せる——そんな状況に興奮しているのだろう。喜悦に乳尻を震わせ、太ももをモジモジと擦りあわせている。裏配信そのままの姿に、清彦はあらためて配信者U子と関係を持ったのだと実感した。

『乳首ちゃんだけじゃなくてぇ……こっちもえっちになってきちゃったよ』

U子は床に後ろ手をついて背中をすこし倒し、脚をM字に立てる。タイトスカートを押し分けるように開いた腿のあいだで、白い下着がほんのり見えた。

『濡れてきちゃってるけど、見えないかな……あはは、ごめんね？』

「無料配信だと中までは見えませんよね」

『そうなの。乳首とアソコは課金しないと見せてあげませーん』

挑発的に腰を左右に揺すってきた。清彦の股ぐらがいきり立つ。

『でもぉ……』

彼女は自分の背後から赤紫色の二股棒を取り出した。湾曲気味のでこぼこした棒から短めの首が枝分かれしている。

『バイブちゃんでイクとこはみんなに見せてあげてまーす』

バイブが脚のあいだに入っていく。長い首の先端がパンツに当たったとき、くちゅりと水音が立ったかもしれない。

振動音が響きだした。

『あっ！　ぁあああッ……！　クリちゃん効くぅうッ……！』

女体でもとくに敏感な陰核への刺激に、Ｕ子の声がたちまち昂ぶった。

潤んだ目で訴えかけてくる。

『キヨシさんもして……！　いっしょにオナニーで気持ちよくなろ？』

「わかりました……俺もU子さんのスケベなところ見て、もう我慢できませんっ」

清彦はカメラの角度をすこしいじり、逸物が映るようにした。

「見てください……U子さんがエロすぎるせいでこんなになりました」

ゆっくりペニスをしごくのと同期して、U子のよがり方も激しくなった。

『あっ、それ、そのおち×ちん……！』

「はい、U子さんのおま×こをたくさん虐めたチ×ポです」

『アレすごかったぁ……！　あんなにイッたのはじめてで、あぁッ、思い出しただけですっごいキちゃうッ、あぁぁあ……！　入れたくなってきたぁ……！』

U子はバイブをいったん横に置いた。股間に両手をあてがい、ストッキングを左右に引っ張る。力任せに引きちぎると、白い下着を脇に寄せた。

相も変わらずのパイパン穴が淫液に艶《つや》めいている。

「あ、有料コンテンツ」

『はい、特別無料公開です……キヨシさんにたっくさんイジメ潰されたおま×こに、バイブちゃん入れちゃいますね……んっ、んぁあぁッ……！』

バイブの長い首がつるりと入りこんだ。U子は天を仰《あお》いで大口を開け、あへあへと喜悦の声をあげる。さらに短い首が陰核を押さえたところで、スイッチオン。

『はひぃいいいッ！　ああッ！　奥ッ、奥ぅううッ！』

「やっぱり奥が好きなんですねッ……！」

『いいッ、深いとこイジメられるの大好きぃ……！』

「クリもいっしょに気持ちよくなって、すっごくエロいですッ」

彼女の悶え方が激しくなれば、清彦の手つきも早くなっていく。

触れあえない距離だからこそのもどかしさが、かえって興奮を誘う。

『あーッ、イキそ……！　気持ちいいっ、いいッ！』

乳肉を揺らし、腰を震わせ、U子はバイブを出し入れした。摩擦というより、奥を突くための鋭い動きだった。

「俺に突かれたときのこと思いだしてます？」

『あっ、はああッ、バレちゃいました？　んっ、アレすごかったからッ……！　いままで生きてきて一番すごくてッ、何度も思い出してオナニーしてるのぉ！』

「じゃあ中出しの感覚思い出しながらイッてよ……！」

清彦もU子も限界だった。

ふたりとも自慰を限界まで激化させ、快楽を貪り食らう。

決壊するのはすぐのことだった。

『あーっ！　あーッ！　イクイクッ、中出しされてイッちゃうッ！　イックぅううぅうううぅッ！　あぁあああぁッ……！』

「うっ、ぐっ、あああッ……！」

とびきり淫らな胴震いを見ながら、清彦は射精した。

構えたティッシュからはみ出して自分の腹が汚れるほど大量に出た。

『あぁ……精子、すっごくえっち……』

U子こと悠子の目は粘着質なほど男汁に魅せられている。

ふたりの興奮は冷めることなく、すぐに二回戦がはじまるのだった。


実家の最寄り駅はちょっとした田舎だと清彦は思っている。

ベッドタウンなので駅前に店もろくにない。せいぜい小さな喫茶店ぐらいだ。

「ほんっと、なんにもないなぁ」

故郷の風景に清彦は目を細めた。

と言っても、つい数ヶ月前にも帰ってきたのだが。現在の住まいであるアパートから電車でせいぜい四十分の距離である。なまじ近いとわざわざ帰るのも馬鹿馬鹿しくなる。大学進学以来、実家への帰省は基本的に夏と正月の二回だけである。

春が過ぎようという時期の帰省は珍しい。

〈電車の時間教えなさいよ。車で迎えにいくから〉

母親から過保護なメッセージがスマホに届いていたが、返事は簡素に済ませた。

〈歩くからいい〉

よく晴れていて気温も暖かいので、外を歩くのも心地良かった。

駅と実家の中間ほどに馴染みのスーパーがある。

一階建てで平べったい印象の店構えだ。

数年ぶりに入ってみると、やけに狭苦しくて天井も低く思えた。

(子どものころはもっとデカい建物だと思ってたんだけどなぁ)

広々としたスーパーで菓子を買ってもらおうと親にねだった記憶がある。あのころよりも身長がずいぶん伸びた。

狭いスーパーなので品揃えもよくはない。アパートの最寄り駅前スーパーなら菓子も倍はあるだろう。

人気アニメのシールつきウェハースチョコが目に付いた。

なにげなく手に取ろうとすると、横からもうひとつ手が伸びてくる。

「あ……どうぞ」

清彦は半歩退いて菓子を譲った。買う気もとくになかった。

「どうも、ありがとうございま……」

相手の語尾が途切れた。

清彦の顔をマジマジと見つめてきている。

負けじと見つめ返す。

キャップを目深《まぶか》にかぶった小柄な女の子だった。ゆったりしたスウェットにデニムのミニスカート、クルーソックスにスニーカーとラフなスタイルだ。

「……恵菜《えな》？」

「キヨにいちゃん？」

面立ちはキャップのつばで隠れがちだが、小さな口と細い顎でわかった。

「うん、清彦だよ。久しぶりだなぁ……去年は会わなかったよね？」

「たぶん一年半……もうちょっとぶりかも」

キャップの下のはにかみ笑いには、まだあどけなさが残っていた。

清彦と恵菜は菓子とドリンクを買ってスーパーを出た。

ふたりで見慣れた風景を歩くのも一年半ぶりか。

夏目《なつめ》恵菜はひとつ年下の幼馴染みである。住まいはおなじ通りの斜向《はすむ》かい。父親同士が趣味の釣りで意気投合してから、家族ぐるみの付き合いをしている。

「今日、お父さんがまた釣りに行ってくるって。だからキヨにいちゃんの家も晩ご飯はお魚じゃないかな」

「まだいっしょに釣りしてるのか。仲いいなぁ」

「キヨにいちゃんは釣りしてないの？」

「俺、インドア派だし」

「あたしも！　バーベキューは好きだけど」

恵菜の笑顔は子どものように屈託がない。背が低く童顔なので、子どもを相手しているようなほほ笑ましさがある。

ただ、彼女の顔を見下ろしていると、唯一大きな部分が目に入る。

スウェットの胸が静枝に負けず劣らず押しあげられていた。

（こいつ、こんなにスタイルよかったっけ？）

昔から胸だけは発育がよかったとはいえ、もはや巨乳の風格がある。対してミニスカートから伸びる脚はスマートで少女的な風情もある。顔立ちも幼げながら整っている。絵になる美少女だった。

「そういえば成人式こないだだったよな？」

「……まあ、ね。大人になりました！」

恵菜が自慢げに胸を張ると、ますます張り出した部分が目立つ。

幼馴染みの女性的な魅力に清彦の胸がざわつき、頬が赤らんでしまう。とっさに呆れた様子で天を仰いでみせる。

「すぐ調子に乗るとこ変わらないなあ、おまえは」

「なんですか、一人前の大人の女なめてんすか。キヨにいちゃんこそ……ていうかキヨにいちゃん、なんかゴツくなってない？」

「ああ、大学入ってから筋トレが趣味になったから」

「えー、似合わない」

「ムキムキなんだが？」

「きもいーっ、あははははっ」

力こぶを作って見せると恵菜が手を叩いて笑う。

内気な清彦にとって、恵菜は気軽に会話できる唯一の異性だった。自分の顔が不細工だと思いこんでからも、彼女とだけは他愛ない雑談ができた。久しぶりに顔を合わせても、気の置けない雰囲気は変わらない。

（見た目もそんなに変わってない……かな）

思い返せば、昔からこれぐらい可愛くて胸が大きかった気もする。

だとすれば、変わったのは自分か。

女性経験を積むことで異性に対する視点がより精密になったのかもしれない。

「それで、しばらくはこっちにいるの？」

「いや、すぐ帰るよ。ちょっと漫画取りに帰ってきただけだから」

「あ、『鳥人六号』なら私が借りてるけど」

「勝手に持ってくなよ」

「いいじゃんかー、もうちょっと貸してよぉ」

拗《す》ねるような、甘えるような、子どもっぽさの増した口調。

苦笑する清彦の頭に、疑問符が湧いてきた。

どこかで聞いた声ではないだろうか。

もちろん実家にいた頃は頻繁に聞いていた声なのだが。それとは別に、最近どこかでよく似た声に鼓膜が震えた気がする。

「そっか。すぐ帰っちゃうんだ……」

ぼそりと呟く寂しげな声も、どこかで聞いたように思えてくる。

同時に申し訳ない気持ちも湧いてきた。

実のところ、漫画を取りに帰ってきたというのは理由の半分だ。

今夜、清彦は新たな女性とオフパコをする。


今回のオフパコも初対面の相手である。

悠子からお墨付きをもらったことで、静枝があらためて紹介してくれたのだ。

幼馴染みと顔合わせした後で気まずい感もあるが、中止する気もない。オフパコで男の尊厳を取り戻せるのだから、止まれるはずもなかった。

待ちあわせ場所に指定されたのは偶然にも、実家からほどない距離にあるコンビニ。

夕食後、清彦は友人に呼び出されたと言って家を出た。

おおよそ歩きで二十分ほど。ベッドタウンから田畑の連なる通りを抜けて、昔通っていた小学校の裏手にまわり、少々古めかしい団地に入る。

約束のコンビニはその傍《かたわ》らにあった。

遠目に見えてきたところでスマホを出し、静枝からもらった画像を確認。

女性の立ち姿が首から下だけ写っている。黒のパーカーにスキニーなデニムパンツ、スニーカーというラフな出で立ちだ。髪型はゆるめの三つ編み。

コンビニの前に彼女はいた。

画像ではわからなかったが、背はすこし低めだろうか。キャップを目深にかぶっているこもあり、恵菜のことを連想してしまう。

(さすがにそれはないよな)

背が低いと言っても恵菜よりは高い。長い髪に赤いメッシュを入れている派手さも恵菜にはない特徴だ。

「あの……どうも。静枝さんが紹介してくれた方、ですよね」

「あ、はい！　キヨシさんですね！」

耳を突き抜けるほど声が高い。けっして不快ではなく、むしろ愛らしい声だと思う。いわゆるアニメ声というやつだ。キヨシが定期的に配信で耳にしている声とまったくおなじである。

「色鳥つやみです、リアルでははじめまして！」

エロ配信で人気のＶｔｕｂｅｒはキャップを脱いでにかりと笑った。

コンビニでドリンク類と夜食を買って、ふたりは歩き出した。

「団地に住んでるんだよね。ＯＬやってたときに安かったから！」

笑い方があっけらかんとした快活な女性だった。元ＯＬということだが、見た目はかなり若々しい。背が低いこともあって、配信で使っている女子校生アバターと印象は大差ない。せいぜい大学生ぐらいの印象だった。

「色鳥さんは……」

「つやでいいですよ、本名も似た感じだし」

「じゃ、つやさん……静枝さんとは仲良かったんですよね？」

「そうそう、ヤリマン仲間っていうか、一時期ふたりで男漁りしまくってたの」

「そのノリ、配信のまんまですね……」

アニメ声で明け透けな発言をするのは色鳥つやみの芸風だ。可愛さと卑猥《ひわい》さで気安い雰囲気を醸《かも》し出し、多くのファンの心をつかんでいる。

「でも、静枝さんと一緒にしてたってことは、お年は……」

「それ女に聞く？　言うて静枝さんよりは年下だし」

相当の若作りなのかもしれない。近くで見てみるとスキニージーンズに包まれた太ももが相当むっちりしている。少女的な細脚だった恵菜とは大きな違いだ。パーカーで隠れたお尻もさぞかし大きいのだろう。

（俺、女のひとを見る目がどんどんいやらしくなってるな……）

清彦は自分の変化に呆れた。

つやの自宅は団地の最上階、五階だった。表札には「鳥居《とりい》」とある。

「ではいらっしゃいませ、つやつやハウスへ！」

玄関は飾り気はすくないもののよく整頓されていた。

フローリングにあがると右手に洗面所、左手にリビングへのドアがある。リビングはローテーブルを中心に、大型液晶テレビと各種の棚が所狭しと並んでいた。棚には漫画やアニメＢＤがびっしりと詰めこまれている。アニメやゲームのキャラクターフィギュアを飾るディスプレイ棚もあった。

「色気のない部屋でごめんね」

「いや、すごいですねコレクション……ちょっと気になります」

清彦も漫画やアニメはいくらか嗜む。気になるタイトルはいくつもあった。

「最近は漫画も電子書籍があるしアニメもサブスクがあるから実物いらねーって思うんだけどね。やっぱ好きな作品は実物で所有したいし、お布施《ふせ》したいじゃん？」

「俺は家が狭いからよくわからないかもしれません……」

「あ、そっちの和室は見ないでね。物置にしてるから」

リビングと直結のキッチンのほかに、和室がふたつに洋室がひとつ。一部屋を物置にしていると言っても、一人暮らしには少々広すぎる——と思ってしまうのは、日本の住宅事情に慣れきった小市民の感覚だろうか。

「じゃ、せっかくだし配信部屋見てみよっか」

「え、いいんですか？　仕事場みたいなものでしょ？」

「みたいなものっていうか、仕事場だね」

つやは洋室のドアを開けた。

ドアがもうひとつある。

洋室の七割ほどを白いプラスチック風のボックスが占有していた。そのドアが開かれると、内部にＰＣと収録機材一式がそろっていた。

「もしかして……防音室？」

「そ、レンタルのやつ。配信で大声出すと近所迷惑だしね」

つやは洋室の壁のフックにキャップをかけた。

前髪に赤いメッシュが幾筋か紛《まぎ》れている。大人しげな印象の三つ編みが一気に活動的な髪型に見えた。

「さ、入って入って」

「え、防音室に？　いいんですか？」

「いいのいいの、せっかくだから、ね」

清彦は防音室に押しこまれ、ゲーミングチェアに座らされた。

「じゃあお邪魔しまーす」

つやが清彦の膝に座る。どっしりと大きなものが股にのしかかるのを清彦は感じた。パーカーのたるみでわからなかったが、お尻のボリュームは相当なものだ。しかも柔らかい。ひしゃげて潰れる感触もしっかりある。

「それでさ、これが配信用のＰＣなんだけど」

「あの、この体勢で？」

「おっぱいとか触ってもいいよ？」

つやは軽く言ってのけてＰＣデスクのマウスを動かした。スリープモードから起動したＰＣモニターに実写画像が大写しにされている。

女がふたり、男たちに後ろから突かれて悶える姿だった。

小柄だがお尻の大きな女と、全身がムチムチとふくよかな女。

「五年ぐらい前だったかな。静枝さんとふたりでヤリまくってたころ」

「ええ……？」

明け透けすぎる話題と画像に清彦は目を白黒させた。

「Ｖｔｕｂｅｒはじめてからは控えてるけどね。意外かもしれないけど、大学出るまで処女だったんだよ、つやちゃんは」

　彼女の話によると、学生時代は重度のオタクで人付き合いを避けていたらしい。もともと引っ込み思案でアニメキャラに夢中だった。周囲の目に疎《うと》いので身だしなみに気を付けず、好きほうだいの食生活ででっぷり肥満していたという。

　変化の契機《けいき》はブラック企業への就職。

　長時間労働とパワハラの嵐で否応なく痩せた。

「趣味に費やすお金はほしいから無理してたんだけど、おかげで痩せた痩せた！　でね、その会社にヤリチンがいてさ。急に優しくされてコロッと、ね」

　性の扉を開かれてからのつやは抑えが利《き》かなかった。ヤリチンが逃げ出すほどの性欲を発揮し、彼のヤリチン仲間やセックスフレンドとも知り合った。ブラック企業は退職しても夜の街に居場所は残った。

　そして交友関係が広がるうちに静枝と出会い、意気投合したのだという。

「でね、私ってほら、こういう声でしょ？　アニメ声はちょっとって人もいるけど、好きなひともいるわけじゃん？　ちょうどセックスも飽きてきたころだったから、試しにＶｔｕｂｅｒやってみたらバカウケしちゃって」

「それで今に至る、と……？」

「根がインドアなのかもね。こっちの方が気楽だし、収益もどんどん出るから楽しくなっちゃって」

過去を語りながらも、彼女は画像を次々に表示していく。

卑猥な格好で男を貪り、精を浴び、喜悦によがる静枝とつやの痴態。

清彦の胸の奥に言いしれぬ焦燥感《しょうそうかん》が湧いた。

「めっちゃくちゃ大きくしてんじゃん？　猥談好きだねぇ」

「そりゃこんなの見せられて、そういう話までされたら……」

ただ興奮しているだけではない。

なぜだか苛立たしい気分でもある。

「キミさー、つやちゃんの配信見てたんでしょ？　多少なりともファンだったら、ほかの男とエッチした話とか聞かされたら、妬《や》いちゃうよね？」

「……そうかも」

筋の通らない話ではある。ファンと言っても所詮《しょせん》は他人だ。恋人でも家族でもない上に、リアルで顔を合わせてから一時間も経っていない。

けれど。それでも。魅力を感じた女性が自分以外の男に散々抱かれていた――その事実に臓腑を炙《あぶ》られるような不快感を覚えてしまう。しかも相手は夫でも恋人でもなく体だけの関係ときた。自分もおなじ立場だからこそ、余計に妬けた。妬いて興奮するならどんどん妬いてったほうがお得だよ？」

つやは腰を揺すって股間を揉みつぶしてきた。ずっしりと実った肉の重みに男の証《あかし》が怒張する。ますます刺激を感じやすくなり、吐息が乱れてくる。

「じゃあさ、ムカついたぶん意地悪させてあげよっか」

ＰＣが軽快に操作されていく。

見たこともないソフトが起動して、見たことのある画面が表示された。色鳥つやみの配信画面だ。おそらく配信管理のアプリケーションだろう。

「あの、もしかして、今から……」

「配信するよ？　準備はできてたからね」

「じゃあ俺、外に出ます」

「今は、画面にはあたし……っていうか、つやのアバターしか映らない設定にしてあるから、声出さなければいいよ。つーか、いろ？　せっかく大人気Ｖｔｕｂｅｒのつやちゃんが意地悪させてあげるって言ったんだから」

彼女はデスク上に奇妙な機材を設置した。生首のような形をした奇妙な物体で、キーボード脇の機材を通してＰＣと繋《つな》がっている。

「それ……ＡＳＭＲ用の収録機器ですよね？」

「そうそう、ダミーヘッドマイク。人間の頭を模して耳もついてるから、耳元でささやいたり耳なめすると、リアルな音が出るってわけ」

彼女はヘッドホンをつけ、もうひとつのヘッドホンを清彦に渡した。どちらもコードレスの代物だ。

「特別席で聞かせてあげるから、興奮したら意地悪してね。ただし声は出さないでよ。出したら静枝さんに泣きつくから」

「は、はい」

嫉妬といら立ちは置いておいて素直にうなずいた。静枝の名前を出されると清彦も弱い。それに万一、声から裏アカのキヨシだとバレたら非常に気まずい。

やがて配信準備が完了したのか、つやが深呼吸をする。

「それじゃあ……開始しまーす」

配信管理ソフトの配信開始ボタンをクリック。

ヘッドホンにポップで愛らしいＢＧＭが流れてきた。画面に表示されているのは待機画面。デフォルメされた色鳥つやみのアバターが星空をクロールで泳いでいる。本番開始まで余裕を設けることで配信者の心の準備をしつつ、視聴者が集まるのを待っているのだろう。

「このあいだにコメンターで告知するわけね」

配信開始の告知を別ウィンドウでＳＮＳに投稿。

また別のウィンドウに表示されている視聴者数がどんどん伸びていく。
二十、三十、跳ねて百、二百、そして千の大台へ。
二千前後で伸びが止まる。

今この瞬間、二千人以上がこの配信を視聴しているということだ。

企業に所属していない個人Ｖｔｕｂｅｒとしては破格の数字と言っていい。それだけの人間が色鳥つやみの配信を期待しているのだ。

つやはペットボトルのミネラルウォーターを飲み、一息つく。

待機画面が切り替わった。

画面に赤髪を三つ編みにしたアバターが表示される。衣装は普段のブレザー制服でなく私服とおぼしきパーカーだ。現実の服を意識したのかもしれない。

ヘッドホンに流れてくるのは、高く高く耳に染みこむささやき声。

『おはつやー……みんな起きてる？　つやは寝起きです、ごめんな勤め人』

アニメ絵のアバターと違和感のない、どこか現実離れした声だった。

当然ながら抜群に可愛いし、耳に柔らかく染みこむ。

ダミーヘッドマイクに口を寄せてささやく後ろ姿に、清彦は感心した。

（こんな感じで収録してたのか……）

ＡＳＭＲ用の安いバイノーラルマイクは持っているが、当然生首型ではない。キヨシの収益では手が届きそうもない。

音質は間違いなく良い。ただ綺麗な音というわけでなく、間近な距離で鼓膜をくすぐるような声、吐息、ダミーヘッドの耳を撫でるときの音などをつぶさに捉えてくるのだ。ヘッドホンで聴いていると、本当に彼女が間近にいるような気分になる。清彦は現実として間近にいるのだけれども。

『今日はね……ふふ、面白いことしようと思うんだよね。告知でも言っといたから知ってると思うけど……ＮＴＲ《ネトラレ》苦手なひとは気を付けてね』

つやはマウスでなにかしらの操作をした。

するとヘッドホンから流れる音に変化が出る。

ハア、ハア、と息遣いが聞こえてきたのだ。つやにしては呼吸が太いような感がある。かと言って、清彦の呼吸ともリズムがズレている。

『男のひとの吐息音声、買っちゃいましたー。これ流しながら配信したら……へへー、つやちゃんの部屋にみんなの知らない男がいるような雰囲気になって、ＮＴＲ好きのヘンタイどもが大興奮って寸法よ』

視聴者のライブコメントが面白半分の悲鳴に満ちていく。だれもつやの真意に気付いていないようだ。

（俺の吐息がマイクに入っても誤魔化せるようにするつもりか……？）

であれば、彼女の言うとおり意地悪をしていいのかもしれない。

『でも苦手なひとは本当に回避してね。不評なら二度目はしないから……えへ、ごめんねー、ふぅーっ』

つやはダミーヘッドの耳に吐息を吹きかけた。ひどくリアルな音響で、耳朶《みみたぶ》が吐息を浴びたように錯覚する。

さらに彼女はダミーヘッドの耳をくわえた。

密閉されて耳が詰まる感覚が生じたかと思えば、ぱっと口が離された。解放感が心地良い。くわえては離すのくり返しで耳がほんのり熱くなっていく。細かな水音が混じるところも扇情的だった。

かと思えば、露骨に水音が弾けだした。つやが耳をなめはじめたのだ。

『んちゅっ、じゅるじゅるっ、ぐちゅっ……ん、ふふっ、キミの耳、美味しいよ。もっとなめさせてね……ちゅっちゅっ、ちゅぱっ、じゅるるッ』

粘っこい音とささやき声の波状攻撃がヘッドホンを通じて耳に響く。なめるだけでなく吸引も交《まじ》え、強弱と緩急をつけて飽きさせない。

（これが耳なめＶｔｕｂｅｒで食ってるひとのテクか……！）

清彦はつやのテクニックに酔いしれながらも感嘆していた。音声で小金を稼いでいる身としては勉強になるし、悔しさすら感じる。

だから、声でなく手でやり返すことにした。

白い首筋をそっと手でなぞる。

『んっ、ふっ……』

ヘッドホンから聞こえる声がすこし乱れた。

首筋から喉へ、そのまま降りて胸の中央をやんわり撫で下ろす。

『ふぅ、んん……んふ、みんな、私がなにやってるかわかる？』

挑発的な声を聞きながら、手の平をいっぱい広げて柔胸をさする。静枝と悠子が教えてくれたフェザータッチ。手の甲や指先も使うこともあるが、あくまでくすぐる程度の力しか込めない。そうすることで神経が火照り、感度があがっていくのだ。

『はあ……いまはね、おっぱい触ってる』

画面を見るとコメント欄が盛りあがっている。可愛い女の子の喘ぎに興奮するのは男の習性だ。なかには当然〈男の息聞こえる〉と言及する者もいた。

『えー、だれもいないよ？　つやはみんなひと筋だから……ちゅっ、好き、大好きっ、んちゅっ、れろれろっ、ちゅるるぅ……はあっ』

あえて白々しい態度を貫く彼女の胸の先端を、清彦はすばやく引っかいた。

『んっ、あっ、はあッ……！』

引っかきつづければ、つやの声はもちろん体まで震えてくる。

『あー、乳首やばっ。ふぅう、んっ、んーっ……！　乳首カリカリするの気持ちいいよぉ……あんっ、はあっ……！』

当然ながら清彦は乳首だけで終わらせるつもりはない。

片手では胸を責めながら、他方の手を彼女の脚のあいだに差しこむ。スキニージーンズの股を、指でカリカリと引っかく。

『ああっ、んぅう……！　ごめんね、つや我慢できなくてね、アソコ触っちゃってるのぉ……はっ、んぅうッ！　あーイイっ、気持ちいいぃ……！』

つやは大きなお尻を浮かせてズボンを脱いだ。

清彦は空気を読んで一時引き抜いておいた手をふたたび股に押しこむ。すると左右からむちむちの腿肉に押し潰された。柔らかくて分厚い肉感が気持ちいい。

指先でショーツに触れると、ぐちゅりと音が鳴った。水から揚げたばかりのように濡れそぼっている。指を押しこめばどこまでも沈んでいくし、ぷちゅぷちゅと愛液が染み出してくる。

『あっ、やっ、指すごいっ、気持ちいいよぉ……！』

〈もっと気持ちよくなって〉

〈いっしょにオナニーで気持ちよくなろうね〉

〈それ本当にオナニー？〉

〈その指だれの？〉

喘ぎ声に男の吐息が混ざっているせいでコメント欄も混乱気味だった。

だがまさか本当に男がいると疑っている者はいない――おそらく。事実を知られれば大炎上だろう。

この手の配信を好む男性は概して幻想を求めている。もしかしたら、本当に自分のことを好いてくれているのかも――などという考えが欺瞞《ぎまん》だと理解もしている。

だが、万一の可能性があるかもしれない。

自分個人が報《むく》われずとも、他の男が良い目を見ていることもない。明確に男がいる証拠がなければ、曖昧《あいまい》な幻想を愉しんでいられるのだ。

（まあ俺が触ってるんだけど……）

悲しい男たちの気持ちもわかるが、だからこその優越感もあった。彼らはそもそもつやの素顔を知らない。面立ちが若々しい美人で、配信中に体を男に触らせて股を濡らす淫乱だということも。

清彦はつやのショーツを横にずらし、蜜汁の沼に直接触れた。

『はんッ！　んぁああッ……！』

すこし指先に力を入れただけで愛液があふれ出す。膣口を人差し指でマッサージしながら、親指の腹で秘裂上端の膨らみをこすった。つやの声が艶《つや》を増し、膝の上で身震いが大きくなりゆく。

『あんっ、はあっ、あああッ……！　いいよぉ、気持ちよすぎるよぉ……！』

そのとき、つやは振り向いて肩越しに視線を投げかけてきた。

口を開いて押し出した舌を手招きのように上下させる。

清彦はごくりとツバを飲んだ。その音がマイクに拾われていないことを祈りながら、唇を彼女に寄せていく。

『ちゅくっ……』

舌と舌が触れあう。ダミーヘッドの耳をなめていたときより、ヘッドホンの音が遠い。ただし清彦には口腔から頭蓋へと反響する音も聞こえていた。

『れろれろッ、れろぉ……』

わざとらしいほど鼻声を交えた音が臨場感を高める。

『キス、いっぱいひようね、ちゅむっ、れるぅ……じゅるッ、ぢゅぱッ』

舌を吸う際もしっかりと音を立てる。

普通のキスより水音があきらかに大きい。

それこそが耳なめＶｔｕｂｅｒとしての職人芸だろう。

画面上のアバターが反映するのは表情の変化や顔と上半身の角度ぐらいだ。口舌の官能的な動きをつぶさに再現できるわけではない。だからこそ、音だけで視聴者を楽しませる手練手管に特化するのだ。

（それに、音が鳴るキスって気持ちいい……！）

キス音を使った音声は清彦も収録したことがある。その際に想定した行為を実際にしてみると、舌の粘膜がとろけてしまいそうだ。

大勢のファンを差し置いて、自分だけが色鳥つやみと本当のキスをしている。そんな優越感も興奮をかきたてた。

『あひっ……！』

喘ぎ声が跳ねて歪んだ。清彦が膣口に指を突き刺したからだ。

乳首と陰核をこするのを継続しながら、人差し指をねじこんでいく。よく濡れてよく絡みつく好き者の穴だ。尻の肉付きが良いせいか膣肉がもっちりと分厚い。腕ごと挟みこんでくる太腿も文字通り太い。いじり甲斐のある股だった。

指を出し入れするたびに反応が大きいのも愉しかった。

『あんッ、あんっ、あーッ……！　ちゅぐっ、れろぉお……ちゅぱぢゅぱッ、ちゅぴッ……！　キスしながら、ちゅっ、オナニーするのヤバすぎいっ……！』

もちろん乳首と陰核への刺激も忘れない。

なまじ声を出せない状況なので両手の扱いに神経を集中できた。そのぶん呼吸が刻々と乱れていくが、視聴者に気付かれることはおそらくない。再生中の男性吐息音声が絶妙に誤魔化してくれている。

『はあッ、ああッ、ヤバいかも……！　私、そろそろヤバっ、いぃい……！』

柔腿が強《こわ》ばり、腕のなかで肩や胸も震えだす。

清彦はここぞとばかりに弱点を捉えた。かすめる程度で感度を確認していた、腹側の膣壁――Ｇスポット。

指の腹でぐっと持ちあげて圧迫する。

ビクンッ、と両脚が跳ね、清彦の腕を押し潰さんばかりに圧迫してきた。

『イッちゃうイッちゃううぅうッ！　ぁあああああーッ！』

つやの嬌声が高らかに天を衝《つ》いた。防音室でなければ近所迷惑になる声量だった。

おまけに、あろうことか、清彦は手の平にしぶきを感じていた。

『あぁあっ、ごめんね、みんなごめんね……潮《しお》噴いちゃったぁ……』

ぴしゃ、ぴしゃ、と噴き出しては手に収まらず椅子や床まで汚していく。清彦のズボンまで餌食になるが、奇妙な達成感もあった。

潮噴きがイカせた実感を何倍にも大きくしてくれた。男の射精のように目で見てわかる絶頂の証である。しかもそれはＶｔｕｂｅｒ色鳥つやみの十八番《おはこ》と言ってもいい。オナニー配信のクライマックスはいつも潮噴きなのだから。

『んっ、んー、いっぱい出たぁ……あ、だいじょうぶだよ、心配しないでね。いつもどおりペットシート完備だから』

言われて見てみると、椅子と床にはペットシートが敷かれていた。見事な吸水効率で潮を飲みこんでくれている。さすが慣れていると清彦は感心した。

『気持ちよくイッちゃったけど……そろそろおま×この奥にもほしいかなぁ』

甘えた声は背後の清彦を見つめながらであった。

視聴者コメントは実情も知らずに盛りあがる。

〈おち×ぽ入れてあげるね！〉

〈生ハメでドピュドピュしちゃうよ〉

〈大好きだよ、つやちゃん〉

なかには男の吐息を意識したコメントも当然ある。

〈この吐息消して……〉

〈つやちゃん寝取られで鬱勃起するわ〉

〈ちくしょう俺はひとりでシコシコしてるのに……〉

だれもかれもが面白半分だ。本当に男がいるとは思っていないだろう。

『えへへ、ホカノオトコナンテイナイヨー。つやちゃんはみんなのことが一番スキダヨー。これから使うのも、いつものディルドーくんだからね～』

画面に透明なディルドーの画像が表示された。

彼女は大きなお尻で背後の清彦を椅子ごと押しやると、ＰＣデスクに手をついて濡れたペットシートに立ち、尻を突き出してくる。

『入れちゃうよ〜。ほかのオトコのチ×ポじゃなくて、みんなのディルドーち×ぽを〜、普段より興奮してぐちゅぐちゅのつやみま×こに〜』

とびきり豊かに実った桃尻。

男がほしくて愛液を垂れ流す熟《う》れた秘処。

大陰唇からはみ出した肉唇は濃い色をしている。年齢より若く見えるつやだが、その部分はひどく使いこんだ印象だった。

（元ヤリマンっていうの、本当なんだなぁ……）

失望と落胆が清彦の胸によぎる。Ｖｔｕｂｅｒはアイドルじみた職種である。たとえエロ売りをしていても、処女幻想的な期待は持ってしまう。

けれど、そんな感情が通りすぎれば何倍もの欲情が押し寄せてくる。男根が恐ろしいほど力強く怒張した。

――みんなの期待を裏切ったメス穴に思い知らせてやれ。

憤怒と歓喜が複雑に絡みあって清彦の背を押した。

ゲーミングチェアから立ちあがり、肉尻を乱暴につかむ。

『あはっ……きて、みんな』

清彦は激情のままに棒槍を叩きこんでやった。最奥まで一直線。

『あっヤバッ、あああッ、あーッ、いきなりイクかもッ、あーイクッ、イクイクッ、ごめんねみんなっ、いきなりイッちゃうぅうーッ！』

いきなりのオルガスムスが本物か否か、確かめられる者は清彦しかいない。

さっそく腰を振りだした。

騒ぎたつコメント欄への申し訳なさと優越感にますます燃え上がりながら。

『あーッ、あんっ、あんんッ！　いいッ、みんないいよぉッ……！　おち×ぽデッカくてヤバすぎぃ……！　んあッ、ぁあーッ！』

つやがダミーヘッドマイクに媚声を吹きこむたびにリスナーが沸く。

〈つやちゃんの声えろすぎて好き〉

〈もっとデカチンずぼずぼしてあげるね〉

熱狂の渦に冷や水をかける者もいる。

〈だまされんなよ！　完全にほかの男とヤッてる声だぞ！〉

そのリスナーも冗談半分だろうが、大正解である。

清彦はつやを後ろから突いていた。

立ちバックで一定のリズムを取り、パンパンパンと突く。

背丈《せたけ》の小ささに反して実りきった尻を見下ろして、思いきり突きこんでいく。獣を調教しているようなひどく征服感のある体位だった。

『あんっ、あんッ、ぁあんッ！　あのね、つやちゃんね、後ろから犯されるのが好きなのぉ……！　乱暴にパコッて……いっぱいレイプしてっ』

彼女もバック責めに被虐的《ひぎやくてき》な快楽を見出している。もちろん求める相手はその他多勢のリスナーでなく、背後の清彦である。

お望みどおり、竿の長さを活かして最奥を滅多打ちにしてやった。

『あひッ、あヘッ、あはあッ！　当たるッ、デカち×ぽ奥に当たるぅうッ！』

高く轟《とどろ》く甘い声が興奮剤となって清彦を熱くする。

徹底的に腰を振った。

尻を引き寄せながら、突く。

〈つやちゃんのおま×こキツキツで気持ちいいよ〉

そう、キツい。穴の大きさそのものは使いこまれてむしろ緩い。だが清彦の極太に抗《あらが》うように、厚い襞肉がこれでもかと窄まってくる。カリ首で襞粒をかき出すように責めれば余計に収縮が極まってくる。これが抜群に気持ちいい。

（負けるもんか……！　俺だって童貞じゃないんだ！）

絶頂を敗北と判断するなら、現状で清彦の圧倒的優勢だ。愛撫で潮噴きアクメをさせ、挿入時に一回イカせた。追加でピストン中にも二回。

それでもなお、彼女を負かしたい。

元ヤリマン女の男性経験のなかで一番の敗北感を刻んでやりたい。彼女を抱いてきたほかの男たちを忘れさせるぐらいに。

男の本能に根ざした独占欲だった。

『んぐッ、あっ、あおッ！　やベッ、マジできっついガン突ききたッ……！』

清彦の腰遣いはどこまでも苛烈になっていく。

つやの尻は腰から急角度で広がっており、手を引っかけやすい構造だ。全力で引き寄せながら、全力で突く。子宮口を思いきり押し潰すと尻肉がとんでもなく弾む。勢いあまって彼女の全身に震えが波及し、ＰＣデスクがガタガタと鳴った。

〈みなさんお待ちかね、つやちゃんアクメ暴れのお時間です〉

〈今日も激しいな〉

〈あんまり暴れるとまた壁蹴っ飛ばして指痛めちゃうよ？〉

色鳥つやみのオナニー配信は盛りあがると雑音が増える。快感が増すにつれて身悶えが激しくなり、あちこちに体がぶつかるのだ。清彦が見てきた配信でもおなじことが何度もあった。

実際、彼女の背筋や膝は激しくわなないている。

ときどきダミーヘッドに頭をぶつけることすらあった。

突きこみの衝撃でなく内からくる愉悦の高まりのためだ。

『あんっ、はふッ、あぁんッ！　ごめんねっ、うるさくてごめんねっ、ひんッ！　お仕置きにパンパンして？　つやの雑魚《ざこ》ま×こハメ潰して？』

ドＭを演出した誘惑にリスナーの反応もクライマックス。つや自身も卑猥な言葉を口にして昂《たか》ぶっている。肉穴が大きくうねって限界を告げている。

「ふぅ、ふうぅ……！」

清彦もまた限界寸前で息を乱していた。油断すれば喘ぎ声が漏れそうだ。耐えた分の鬱憤をつやにぶつけると、さらなる快感で海綿体が膨れあがる。

がむしゃらにデカ尻を下腹で打った。

徹底的に子宮を突き潰した。

パンパン、ばちゅばちゅ、と多彩な抽送音を配信に叩きこむ。

〈イクよ、つやちゃん〉

〈いっしょにいこうね、つやちゃん〉

〈ザーメンぜんぶ子宮で飲んでね、つやちゃん〉

ありったけの欲望をバーチャルアイドルにぶつけようとするリスナーたち。

だが、振り向いてきたつやの目に映るものは清彦だけである。

『あんっ、あああッ！　きてっ、いっぱい出してッ！　濃ゆいアツアツせーしピュッピュしてッ！　つやちゃんのおま×こに中出ししてぇえッ！』

ご期待に添うべく清彦はスピードを限界まであげた。

粘っこく絡みつく膣内を摩擦し、えぐり、突きあげていく。

性感電流がペニスに充ち満ちて、パッと弾けた。

一瞬だけ肛門に力を入れて堪《こら》え、最後の力で思いきり突く。

下腹を柔尻にみっちりとめりこませ、根元の根元までハメこんで、子宮を可能なかぎり押し潰す。

『はひッ……！　んおッ！　おあッ、あぁあああッ……！　イクイクッ、あぁぁああああッ……！　あーッ、あああああぁあーッ！』

がたんっ、とダミーヘッドが倒れた。ヘッドホンの声は遠のくが、吠えるようなアクメ声が直接的に聞こえてくる。

嚙《か》みつくように痙攣する下の口に、清彦は思うまま射精した。前戯のころから溜めこんで濃厚化した精液が尿道を駆け抜け、びゅーびゅーと噴き出る。

『あーっ、あーッ！　これえっぐいッ、ほんと奥まで来るッ、ううううッ……！』

ふたりは絶頂を貪りながらも、清彦が身を倒してつやの唇を食《は》んだ。

舌を絡めても水音が届かない。ダミーヘッドマイクは床に落ちている。リスナーたちは例のごとく色鳥つやみのミスだと思いこんでいるらしい。

これ幸いと、清彦は彼女だけに聞こえるよう耳元でささやいた。

「つやがだらしなくマン汁垂らすからチ×ポ汚れちゃったよ。きちんとお掃除してくれるよね？」

脳に響く低音で嗜虐的《しぎゃくてき》な言葉を使うと、女は酔いしれる。

経験則のとおりに、つやは目をとろりと酩酊させた。

『つやの雑魚ま×こでおち×ぽ汚しちゃってごめんね……お口でぺろぺろして綺麗にしてあげるね』

彼女は引き抜かれたペニスを悦んでしゃぶりだす。

ダミーヘッドを抱えて、水音がしっかり聞こえるようにして。

まだまだ配信は盛りあがりそうだ。

第四章　裏アカ美女味くらべ

ミナ元こと静枝の家はごく一般的な一戸建てだった。

二階建てで、庭とガレージがあって、閑静な住宅街に埋没するような。

しかしその内側では、真っ昼間から不貞の時間がはじまっている。

「こんな格好はいかがかしら？」

あろうことか静枝はリビングでベビードールを身につけていた。

ほとんど透け透けで、着用している意味がほとんどない。胸は乳首の赤みが透け、下はショーツもなく陰毛が見える。

男として昂ぶる清彦を、静枝はおっとり笑顔で手招きした。

「こちらへどうぞ。せっかくなら落ち着ける場所でしましょう？」

階段をあがって二階へ登ると、廊下にあがって最初のドアが半開きだった。ちらりと覗けば、教科書の並んだ学習机が目に入る。

「お子さんの部屋ですか？」

「ええ、今日は学校のお泊まり会で帰ってこないんです。夫も古い友人とキャンプに行ってしまったので……」

「静枝さんは行かなくていいんですか？」

「私、虫が苦手なんです。だから置いてけぼりで寂しいんです」

柔和な笑顔に寂しげな気配はない。赤らんだ頬が示すものは期待と興奮だろう。

最奥の部屋まで導かれた。

カーテンを閉め切られた寝室にダブルベッドが鎮座している。

枕元に用意されているのは、男根を模したディルドと、コケシのような形の電動マッサージ器。

静枝はベッドに横たわり、柔らかな脚をみずから抱えた。

「慰めてくださらない？」

濃密な陰毛の狭間《はざま》で熟れ色の肉唇がよだれを垂らしている。

下品で直球な誘惑に清彦は逆らえない。この場所が夫婦の愛の巣だということを理解しながら、最低の行動に出てしまう。

スマホを録画モードにして、化粧台に設置した。露わにされた秘処を正面から映す角度である。

「旦那さんを裏切って浮気セックスするとこ、撮影しとくから」

「ああ……そんな、ひどいです」

などと言いつつ股汁がどろりどろりとあふれ出した。

清彦は服を脱ぎ捨てると、彼女の頭の上の枕側に腰を下ろす。

自分の脚を彼女の脚に引っかけ、股を閉じられないようにしておく。

「これで恥ずかしいところ隠せなくなっちゃいましたね。夫婦のベッドでほかの男にパコらせる浮気おま×こ丸見えですよ？」

サディスティックな物言いも堂に入ったものだ。もともと音声作品で口にしてきたし、オフパコの経験を積んだことでセックス自体に慣れてきた。

(言ってみれば、これもサービスみたいなもんだな)

女性の被虐性癖を刺激するためのアクセント。

彼女も本気で嫌がっていれば別の対応をするはずだ。

「ああ、ごめんなさい、アナタ……これから私、あなたと寝ているベッドで若い男の子に愛されてしまいます……！」

ごくりと清彦は生唾を飲む。興奮した。サービスとしてのセリフだとしても、男として昂ぶることも否定できない。

たがいにテンションがあがってきたので、かたわらのマッサージ器を起動。振動音を聞いただけで静枝は乳首を勃起させる。

清彦は震えるヘッドを彼女の脚のあいだにあてがった。秘裂の上部、ぽっちり膨らんだ陰核にちょっと押しつける。

「はひッ！」

いきなり静枝が胴震いをした。

「ひっ、あッ、ぁあああぁあああッ！　駄目ダメだめッ、だめぇえッ……！　はっ、クリイキきちゃうっ、きちゃいますぅうッ……！」

「一分もたないの？　旦那さんに申し訳なくない？」

「申し訳ないですっ、つらいですッ！　ぁあああッ、イクぅううッ！」

罪悪感をスパイスにして、静枝は絶頂に達した。

肉付いた四肢が痙攣しているが、清彦は構うことなく電マを当てておく。あまつさえディルドを膣口に押しこんでやった。ぬるりと簡単に入った。

「ひんんッ！　イッてるっ、イッてますッ、イッてるのにぃ……！」

「あーあー、おま×こドロドロじゃないですか。こんなヌルヌルで柔らかい穴だから色んな男をくわえこんじゃうんですか？」

「そんなっ、私は、私はぁ……あっ」

清彦が腰を振れば、剛直がしなって彼女の顔を打つ。醜悪な肉棒に女の命と言うべき顔を辱《はずかし》められ、静枝の総身がわなないた。

「言ってよ、私のおま×こはふしだらな浮気穴ですって」

低音の言葉責めの威力は清彦も自覚している。だからあえて嗜虐的な物言いをしながら、ディルドを出し入れして彼女を追い詰めるのだ。

「あぁあアッ、私の、おま×こは……ふしだらな、デカチン大好きな、最低の浮気穴ですぅう……！」

要求より修飾の多い発言からして、静枝も実にノリノリだった。

「本当に悪いおま×こだね。ほら、イケよ？」

「ひっ、あっ、ぁあああああアッ！」

その後も立てつづけに四回イカせると、静枝はもはや限界だった。

全身をくねらせ、しきりに求め訴える。

「ハメてぇ……！　ハメハメしてぇ！　パコパコしてっ、パコッてぇ！　あのひとよりぶっとくて長いデカチンで、浮気ま×こ好きなだけ使ってぇ！」

ご要望のとおり清彦は彼女の穴を使うことにした。

正常位でのしかかりながら挿入し、思いきり抱きつく。彼女の柔らかな肉付きを全身で味わいながら腰を振った。愛液のしぶきがダブルベッドに飛び散る。

「あひッ、おあッ！　みっちり埋まっちゃうぅううッ！」

おっとり美人が野生動物じみた声をあげていた。すでに複数回の外イキで感度は限界まで昂揚済み。子宮口も降りてきて、ひと突きごとに亀頭が深くめりこむ。膣壁は極太により押し擦られて、奥は容赦《ようしゃ》なく突かれるのだから、被虐的な性感が徹底的に刺激される形だ。

清彦にとっても、たまらなく気持ちいい。

膣の具合が良いのは勿論《もちろん》だが、抱き心地そのものが抜群に良かった。彼女の全身に程よく備わった柔肉が心地良いし、快感で血行がよくなると皮膚が汗ばんで吸いつきも増す。股肉の豊かさも股間全体を気持ちよく受け止めてくれた。

「あーっ、気持ちいいっ。この浮気穴すっごい……！」

男からも快感の声はあげたほうがいい。それもがっちり抱きしめて、彼女の耳元で。犯される快感だけでなく、相手を悦ばせる奉仕精神も満たしてやるのだ。

「キヨシさんッ、ああッ、キヨシさんっ、すごいっ、すごいですッ」

感極まって静枝も清彦を抱きしめた。

腕だけでなく脚まで絡めて。

スマホカメラに映るのは主に結合部とふたりの尻。乳房も顔も見えないが、だからこそ覗き見のような興奮をそそるアングルだ。

極太に押し広げられた膣。

泡立ってクリーム状になった愛液が止めどなくあふれる様。

なにより男の腰に絡みついた、脚。

間男を求めて、快楽を欲して、全身で媚びている証。

「こんなに浮気を愉しんじゃって、旦那さんもお子さんも可哀想だね」

そしてトドメの低音言葉責め。

「いやっ、いやああッ……！　子どものことは言わないでぇえッ……！」

「なんで？　お子さんに申し訳ないと思わないの？　お母さんはだれにでも股を開くヤリマンだって知ったらきっと泣いちゃうよ？」

「やあっ、あああッ……！　だめ、だめぇえッ」

嫌がりつつも襞壺の蠢《うごめ》きは激しくなる一方だった。手足もより一層強くしがみついてくる。もっといじめてくれという意思表示だろう。

清彦は全力で腰を上下に動かした。

ダブルベッドの弾力を活かしてバウンドし、突いてはバウンドする。

「旦那さんとお子さんに申し訳ないなら、浮気なんて二度としませんって言って。そうしたら外に出してあげるから」

「そ、それは……」

「これからも浮気しますって宣言するような悪い人妻には、お仕置きとして濃い精液ぜんぶ中に出してやるからな。覚悟しろよ？」

考えるまでもない二択だった。

静枝は清彦の背に爪を立て、叫ぶように宣言した。

「これからも浮気しますッ！　アナタより大きなおち×ぽに媚びて、おま×こ使っていただいて、子どもに注ぐ以上の愛情を捧げますぅうッ！」

もちろん本気ではない。息子になにかあれば、彼女は母として子どもを最優先に考えるだろう。

だからこそ安全な状況で一時的に愛情を捨て去る言葉が痛烈に効くのだ。

ビクビクビクッ、と膣全体が痙攣する。

清彦は最低の浮気妻にとどめの一撃をくれてやった。

「そらそらッ、そらッ出すぞッ！」

全力のピストンを数秒食らわせて、最後に重く深くねじこむ一撃。

ふたりは同時にイッた。

「ぁあぁあああッ、ごめんなさいぃいぃぃいいいぃいーッ！」

イキ震える膣肉が射精する肉棒をはむはむと咀嚼《そしゃく》する。ぎゅ、ぎゅ、と抱きしめてくる手足も柔らかくて、たまらなく気持ちいい。

しばし酔いしれる清彦の耳元に、静枝がそっとささやいた。

「今日は食事も用意してますから、一晩めいっぱい犯してくださいね」

もちろんそのつもりだった。

(旦那さんにお子さんも、本当にごめんなさい)

一抹の罪悪感も快楽と興奮に押し流されていく。

自宅を穢すような浮気行為は、まだまだ終わらない。

『こんつや～！　待ってたかおまえら～！　今日は健全ゲーム実況な！』

乱雑な言葉遣いが極上のアニメ声でリスナーの脳を溶かした。

配信画面にはＰＣゲームが表示されている。

開始ボタンを押すと、古風なドット絵のキャラクターが中央に出現。ゲームパッドでそれを縦横無尽に操作し、つやは敵キャラクターを倒していく。

『このヴァンパイアサルベージャーズさ、流行ったの一年ぐらいまえだっけ？　ハマって時間溶けるっていうし避けてたんだけど、あ、やばい、ライフ溶ける』

敵の接触攻撃を受けて操作キャラがあっという間に死んだ。

『うわー、これ配信しながらだとキツいかも。コメント見てたら一瞬だわ。悔しいからちょっと甘いもの食べるね～』

くちゅり、と水音が鳴った。

ねろねろ、くちゅくちゅ、と露骨に鳴らしていく。

うぅ――と、清彦は漏れ出しそうな声を必死に堪えた。油断すると股間の喜悦に口が開きそうになる。

彼は防音室でつやにフェラチオをされていた。

つやは床に膝立ちで、脇に立つ清彦の逸物をしゃぶっている。前回と違ってヘッドホンから聞こえる淫響の距離感が遠い。今回はダミーヘッドでなく通常のコンデンサマイクで収録しているのだ。

〈ヤバい音聞こえるよ〉

〈つやさん健全って言ったじゃないですか！〉

〈健全だわー超健全だわー〉

『えー、なにもやってないよ？　あまーいキャンディぺろぺろしてるだけー。くちゅくちゅっ、ぬりゅッ、ちゅばちゅばちゅばッ』

できるだけ口舌を大胆に使って音を大きくする。唾液《だえき》の量も舌の動きも経験の豊かさを感じさせるものだった。

〈つやちゃんまたエグい形のあめちゃんなめてるの？〉

リスナーの反応も慣れたもの。つやの自称健全配信は初めてのことではない。ディルドでもなめているものと、だれもが思っている。

『へへー、それじゃリトライしまーす』

つやは唾液の糸を引いて口を離し、プレイを再開した。

『ほうほう、なるほど。敵を倒したら出てくるこの、青い宝石？　これが経験値なのかな。取っていったら、あ、レベルあがった！』

じょじょにつやの口調が熱を帯び、ゲームにのめり込んでいく。

（熱中してるとこ悪いけど、俺はゲーム観戦にきたわけじゃないからなぁ）

今回つやに呼ばれたのは、悪戯をするためだ。

配信中に際どいことしたいから、また付きあってほしい、とのことだった。

「静枝さんの紹介だし、キヨシくんが信頼できることはわかってたけどね。一回やって気に入っちゃったし、またああいう配信に付きあってほしいんだよね」

というわけで、清彦は全裸で彼女の横に立っている。

彼女もまた半裸で肌を晒していた。

身に付けているのは扇情的な赤い下着にガーターストッキング。上は形の良いバストを丸出しにして、下は中央がぱっくり開いている。年より若く見える彼女だが、衣装のせいか熟した色香が漂っていた。配信画面の女子校生風アバターからは考えられない大人っぽさである。

アニメ声とのギャップもあって、清彦は抑えきれない衝動を覚えた。

『あっ……』

ぺたり、とつやの頬に亀頭を押しつけた。ゲーム画面で操作キャラに敵の攻撃がかすめる。ペニスを顔に擦りつけられると、また動きが危うくなる。

『んっ、あぁん、やだぁ、もおっ』

つやは操作に難儀しながら、不満のうめきを甘くあげた。本気で嫌がってはいない。むしろ顔を突き出す気配すらある。さきほど自分のつけた唾液と男根の先走りを顔に塗られて目がとろんとしていた。

かと思えば、ふいに男根を握りしめる。

『このゲーム、片手でもやれるのが面白いよね。十字キーで動かすだけでいいから右手がフリー！』

彼女は片手でゲームパッドを操作し、他方の手で手淫をはじめた。

手首のスナップを利かせた扱《しご》きかたで、根元からカリ首まで大雑把に擦る。フェラチオも交えて唾液を追加するので水音も激しく鳴っていた。

くちゅくちゅ、ぱちゅぱちゅ、れろれろ、べちゅべちゅ、と。

コメント欄も大いに盛りあがる。

『あーん、また死んじゃったぁ。でも五分生き残れたよ？　褒めて、褒めて』

子どもが甘えるような口調もつやの芸風だ。基本はちょっと荒めで距離の近い友達感覚のトークが多い。そこから一転、アニメ声を活かした甘いささやきを食らわせる。

このギャップが耳に効くのだ。

(でも俺だけ耳以外も気持ちよくなってるんだよなぁ)

清彦は昂揚感に打ち震えた。

大勢のファンには申し訳ないが、すさまじい優越感がある。

つやはエロ系個人Ｖｔｕｂｅｒでも上位の再生数を誇る人気配信者だ。大勢の男たちが配信を見て、声を聞いて、オカズにしている。だれも指一本触れられない。ただひとり清彦を除いて。

『えー、そうだよー？　つやちゃんは陰キャだからマジ友達すくなくてさー。支えてくれるみんなマジ好きー。ちゅっちゅっちゅー』

冗談めかしてキス音を鳴らしているようで、実際に亀頭に口づけをしている。口で吸って、手で擦って、なめてしゃぶる。ゲームのキャラが死んでリトライするあいだはとくに激しい。

『ちゅるるッ、じゅるぢゅるッ、ぢゅくッ！　じゅぱッ、ぢゅっぱ、ぢゅっぱ、れろれろれろぉ……はぁ、アメちゃん美味しい。このアメちゃんほんと好きぃ』

さも美味しそうな声は半分演技、半分は素《す》だろう。表情があからさまに酩酊している。本気で愉しんでいなければできない表情だ。

『ねーみんな、もしかしてシコってる？』

昂揚にとろめきながらも、ときおり悪戯な笑みを浮かべる。

『つやちゃんは真面目にゲーム遊んでるのに、みんなはつやちゃんで変なこと想像してシコシコおなにーしてる？』

挑発的に言いながら、手コキとフェラで水音を交えるのも忘れない。

当然、リスナーたちは肯定のコメントを乱発する。

『うわー、ヘンタイさんだぁ。きもちわるーい。うふっ、うふふっ、あははっ、いいよぉ、気持ち悪くても。つやちゃんのことえっちな目で見てもいいから、ヌキたくなったら遠慮なくヌキヌキしてね……あ、やばっ死ぬ、ちゅばっ』

つやは口いっぱいに清彦の巨根をくわえこんだ。

ぢゅばばっ、ぢゅるるるるッ、とすさまじい勢いでバキュームしだす。

手では肉幹を思いきり握りこんでは力をぬく、また握りこんではゆるめる。

（ぐっ、気持ちいいっ……！）

清彦が快感に耐える一方で、つやは性戯ばかりかゲームにも力を入れた。死にかけていた自分のキャラをたくみに操作して起死回生。その間も口淫手淫を止めない。強い刺激を与えながらも、愛撫としては単純な手法を選んでいる。そうすることでゲームプレイの集中力を保っているのだろう。

色鳥つやみはゲーム巧者でありながら性戯の達人でもあるのだ。

「うっ……！」

清彦は吸われるままに絶頂汁を放出してしまった。

どぴゅる、びゅるびゅる、とつやの口内に熱液を注ぐ。それらをつやは無心で飲みこむ。一切ためらわず、飲むのが当然というように。

『んっ、んぐっ、んーっ、ぢゅるるッ、ちゅぱぁ……ふぅ、死んじゃった』

注がれた肉汁をすべて飲み干し、彼女はほほ笑んだ。おなじ表情をアバターもしている。画面越しのファンにとってはただの笑顔だろうが、清彦にとっては違う。

現実の彼女の口元には、黒い縮れ毛が一本張りついている。

清彦の陰毛だった。

汚らしい淫戯の証である。

（あの色鳥つやみが配信中に俺のチ×ポをしゃぶって、精液を飲んだ！）

興奮が止まらない。体が勝手に動く。

『はー、悔しい！　次は三十分サバイブしたいなあ』

つやは平然と言うが、内心すこしは動揺しているだろう。

清彦は彼女の真横から背後にまわり、腰をつかんで持ちあげた。下半身の肉付きが良いせいか少々重たい。

大きく丸みを描いた尻の下に、己の身を滑りこませる。

仰向けになって、股のうえに彼女を乗せた。下着から丸出しの淫猥な秘裂に、萎えることなき逸物をぺちぺちとぶつける。ねとりと愛液が糸を引いた。

『あ、新キャラ使えるようになってる。気分変えてみっかー』

つやは平静を装ってゲームを続けながら、おもむろに男根をつかむ。自分の手で膣口に導き、体重をかけてきた。

『それじゃ、いっくよー！　んぅうーッ！』

濡れそぼった肉穴にペニスがたやすく飲みこまれていく。その瞬間の弾んだ声と呼吸にコメント欄の敏感なリスナーが反応した。

〈おいまた入れただろ〉

〈アメちゃんなめててガマンできなくなった？〉

〈ゲームに集中しろつやっぺ〉

〈色鳥つやみ満足タイムのはじまりです〉

『んー？　なんのことー？　つやちゃんゲームやってるだけで、んっ、ふぅ、あーやべっ、死ぬ死ぬっ、死ッ、な、ない！　あー、あんッ、まだ生きてるぅ』

つやはみずから腰を揺らしだした。ゆっくりと前後させて膣内をかきまわさせながら、ゲームパッドを両手で持ってプレイも疎かにしない。さすがに呼吸は乱れ、声も上擦っていくけれども。

『あーっ、あんっ、んぅうッ、このゲームむずいっ……！　ひんッ、だめだめっ、やめてっ、くっ、エグっ、当たるっ……！』

彼女はみずから弱い部分に当たるよう、腰を遣っていた。ゲームにある程度集中しているせいか、より強い快感を無意識に求めてしまうらしい。

盛んに前後する大きなお尻を、清彦は背面騎乗位で気楽に眺めていた。

(やっぱり腰振り上手いなぁ、このひと)

自分からは動かず、彼女にすべてを任せてみる。

腰から急激に広がった尻肉のダンスは下から見ると味わい深い。シンプルな前後動で目の前に迫ってくるような迫力がある。もちろん膣内は相変わらずの肉厚さで窄まりも良い。ときどきゲームに気を取られて動きが滞るのも愛嬌だった。

『はっ、あっ、あーッ、くううッ、きそうッ……！』

〈またつやちゃんイクの？〉

〈真面目にゲームしろ〉

〈イクな！　イッたら逝《い》くぞ！〉

呑気《のんき》に声援を送っているファンに申し訳なさもある。すこし前までは清彦もおなじ立場だった。配信中に男とセックスしていると知ったら大なり小なり嫉妬していただろう。しかも今、つやがみずから腰を振っているのだ。

『くっ、んんんッ！　イックぅ……！　んんぅぅぅうううーッ！』

つやは尻を思いきり押しつけてきた。

肉の海に清彦の腰が埋もれる。

子宮が亀頭に押しつけられた直後、彼女の腹が激しく蠢動《しゅんどう》する。

『あーッ、あーっ、んんんぅ……！　まだいけるぅ……！』

イキながらも彼女はゲームを続行していた。危ういところでなんとか生存している。

これまでのプレイで要領をつかんだにしても大した腕前だ。

そればかりか、イッたばかりで腰がまた動きだす。

さきほどよりも激しく大胆に。

動きのパターンも増えていく。前後動から左右振動へ。あるいは上下動。ぐりん、ぐりん、と回転もする。

（もしかしたら……イッて敏感になった部分を刺激してるのかも）

彼女の貪欲さなら充分ありえる動機だ。

おかげで清彦も愉しめている。

お尻が大きいとペニスを振りまわされているような感覚が強い。質量の塊に引っ張られて、根元からねじられるかのようだ。

『も、ちょっと……！　もうちょっと、耐えろぉ、アルキア……！　はあッ、あーッ、あんんッ！　もっと、もっと、もっとぉ……！』

ゲームキャラに呼びかけながらも、徐々に動きが大きくなっていく。モチモチの尻肉が驚くほど弾む。結合も解けそうな勢いだが、膣口がギチギチに締まってカリ首を離そうとしない。

そんな彼女の動きを、画面上のアバターがトレースしている。細かい動きや表情は無理でも、体が不自然に動いていることはあきらかだ。

〈これは吸盤つきのディルド使ってるな〉

〈またデカ尻でディルドーくんいじめてんの？〉

リスナーもやはり収録現場に男がいるとは思っていない。

だからつやも気にせず快感を貪っているのだろう。

『はっ、あッ、あーッ、ほんと死んじゃいそう……んんんッ』

背筋が汗ばみ、皮膚が赤らむ。膣内の粘り気も増す。

鼻にかかってハチミツのように甘くなった声が配信に乗った。

『あんっ、はんッ、はひぃぃッ……！　ねえねえ、みんな……んっ、ああッ、ゲーム中にヘンなこと言うけどぉ、つやのこと……好き？』

切なげな物言いにリスナーたちは喜び勇んで反応した。

〈好きだよ〉

〈つやちゃん愛してる〉

〈結婚してくれ〉

ごめんなさい、と清彦は内心で謝った。

——みんなのつやちゃんに、俺、中出しします。

豪快で巧緻な尻振りでペニスいっぱいに快感電流が蓄積されている。

つやも大勢に愛をささやかれて、膣を熱くしていた。

『あんッ！　あんッ！　あーっ！　あーッ！　ぁああああっ、イクッ、イックッ、イッぐぅうううぅぅうううぅううぅぅうーッ！』

防音室と配信に嬌声が轟いた。

狂おしく脈打つ肉穴に、オスの熱情がほとばしる。

（やっぱり生中出しが一番気持ちいいッ……！）

ぬめついて絡みつく膣襞を生で感じながら、一滴《いってき》残らず精を注ぐ。その時間を全力で愉しむべく、清彦は彼女の腰をがっちりロックした。

つやも胎内に弾ける精液をうっとり感じながら、ふいに声を緊迫させる。

『ヤバッ、んっ、あぁぁあ……！　出るぅうッ……！』

次の瞬間、サラサラの熱い液体が清彦の股に降りかかった。

じょろじょろ、ぱしゃしゃ、と水音がヘッドホンにも聞こえてくる。

〈また漏らしたん？〉

〈音めっちゃ聞こえてるよ〉

〈つや潮たすかる〉

配信者的には助かるどころの話ではない。角度が悪かったのかなんなのか、しぶきが一部モニターにまで飛んでいた。事によってはキーボードも危ない。ブレス対策のポップガードがなければマイクも餌食になっていただろう。

『あー、もうっ、もおおッ……！　でも、でも！　えへへへぇ……！』

つやは悔しげにうなったかと思えば、急に笑いだした。

『えへぇ……三十分サバイブしたったぞーっ！』

潮で汚れたモニターにクリア画面が表示されていた。

絶頂と潮噴きにさいなまれながら、敵のラッシュから生きのびたのだ。

セックスとゲームを両立させる手腕に清彦は素直に感心する。さすがは元ヤリマンにして大人気配信者。

はあー、と息を吐いたどさくさに音声をミュートする手際も良い。

「配信終わったらベッドで続きしようね」

そう言って、彼女は清彦にウインクするのだった。


配信終了後、ふたりはベッドで三時間かけて愛しあった。

清彦も欲が出て、いろいろと言わせるべきでないことも言わせた。

「好きっ、キヨシくんが一番好きッ！」

「キヨシくん専用オナホにしてぇ……！」

「リスナー全部よりキヨシくんのち×ぽのほうがいいのぉ……！」

独占欲を満たしたうえで三回中出し。

つやはその数倍はイッたのでご満悦である。

「はー、ほんと気持ちよかったぁ……！　そりゃあミナ元さんもU子ちゃんもハマるわ、このエッグいち×ぽ」

ベッドに仰向けの清彦にしなだれかかり、乳首をいじってくる。

「そんなに、ですか……？」

行為中と打って変わって、清彦は少々気弱な態度に戻っていた。それが面白いのか、つやは声をあげて笑う。

「まだちょっと荒いけど、体力もあるしいっぱい出してくれるしねぇ」

「やっぱり中に出されると女のひとも気持ちいいんですか？」

「中出しもいいけど、射精してくれるのってさ。気持ちよくしてやったぞって満足感があるんだよね。ザーメン出すって形だとわかりやすいし」

「あー、なるほど。たしかにつやさんがイキながら潮噴くときって俺も満足感すごい気がします」

「でしょでしょ？　動画的にも盛りあがるでしょ？」

つやは枕元に置かれた清彦のスマホを手に取る。さきほどまで録画していた動画を再生すると、「ひゃあー」と感嘆した。

「ハメ撮りってエロいよねぇ。これやっぱり公開するの？」

「どうしたもんでしょうか。静枝さんにも勧められてはいるんですが……」

キヨシの活動にオフパコ動画も含《ふく》めてはどうかというのが静枝の提案である。

声だけならともかく、映像で自分のセックスを公開するのは気が引けた。

「いいんじゃゃない？　あたしも顔モザで声加工してくれたら全然ＯＫだし。あ、ヤバいセリフは消すかピー音重ねてね？」

元ヤリマンの意見を汲《く》むべきかは悩みどころである。

ただ——心惹かれる部分もある。

外見コンプレックスのせいで溜まっていた鬱憤《うっぷん》を解放したい。

俺は女性に悦んでもらえる男なんだ、と誇示したい。

「ただ、公開したらオフパコ希望の女の子殺到すると思うよ」

「殺到って……」

「ちゃんと信頼できる相手を選びなよ？　お姉さんからの助言ね」

人差し指で額を押され、ほんのすこし気恥ずかしかった。


当たり前のことだが、動画公開の踏ん切りは簡単につくものでもない。

結論を先送りにしていると、悠子から連絡があった。

〈でしたら、うちでコラボしませんか？〉

〈コラボ？〉

〈ふたりで裏配信しましょ。会員専用の有料配信でオフパココラボ〉

とんでもないお誘いにどう断りを入れるべきか悩んだ。

いくらなんでもリアルタイムでセックス配信は常軌を逸《いっ》している。

しかも相手は人気の配信者で、人妻である。

溌剌とした笑顔と規格外に実った巨乳が魅力のコスプレ配信者である。

間違いなく大勢に見られるし、万が一旦那さんに見られたら洒落にならない。

だから清彦は意を決して返事を書いた。

〈いつにしましょうか？〉

指が滑ってしまった。


一週間後──悠子から配信の録画データが送られてきた。

ファンクラブの最高額プランでしか閲覧できない代物だ。

動画を再生すると、ＵＫでありＵ子でもある国崎悠子が現れた。カメラからすこし離れてベッドに座っている。

『こんばんはー、ＵＫです。みんな元気ー？』

両手を顔のまえでパタパタと振る。眼鏡とピンクの洒落たマスクを着用しているが、目元だけで笑みを表現していた。

身につけているのは白と桃色の横縞模様のパーカー。生地が綿のようにふわふわ柔らかい。ぬいぐるみのような愛らしさもあるが、胸元は大胆に開いている。可愛さからセクシーが飛び出す着こなしは実に悠子らしい。

付け加えるなら、下にズボンもスカートも穿いてないので太ももが剝《む》き出《だ》しだ。ベッドで脚を組みかえるたびに白い下着が垣間見える。

『わ、わ、開幕投げ銭ありがとー。いえいえいえ、こちらこそお世話になってます。お世話もしちゃいます。今日もいっぱいヌキヌキしようね？』

配信中の声は普段の会話よりトーンがすこし高い。色鳥つやみもそうだったが、可愛げと幼さを強調しているのだろう。あざといぐらいが男にはウケやすい。とはいえ二次元アバターのＶｔｕｂｅｒよりは自然体に見える。

『先日のアンケートの結果ですが……一番、いつものオナニー。二番、健全歌枠。三番、健康器具ゲーム実況……ではなく、四番のオフパコ配信が一位でした！　しかも結構な大差をつけててビックリ！　みんな本当にいいんですか？　ＵＫ、しちゃいますよ？　ガチ恋勢のみんなつらくない？』

録画データにコメントは収録はされていない。清彦が覚えているのは、つらいけど見たいという二律背反なコメントぐらいだ。

『それじゃあ……みんなのまえでパコパコしちゃいますね』

ＵＫが画面外に手招きすると、全裸に黒い目出し帽の男がフレームインする。言うまでもなく清彦である。映像で見ると自覚しているより筋骨たくましい。

そう、自分ではあるが、どこか違って見える。

ＵＫをほかの男に寝取られるような、リスナー目線の疑似体験だった。

清彦はベッドにあがって、ＵＫを抱きしめる。

可愛らしいパーカーのうえから、特大のバストを撫でまわす。感度があがってくると乱暴な手つきで揉みしだく。手に収まりきらない巨乳が刻々と形を変え、パーカーの合間からこぼれ出していく。男ならだれもが羨《うらや》む行為だった。

『あっ……んっ……ごめんね、みんな……みんなの大好きなＵＫのおっぱい、知らない男のひとにモミモミされちゃってるね……あんっ、ああ……』

ついには乳首まではみ出した。球肉が大きいので赤い先端も当然大きい。親指ほどに膨らんだ粒を、清彦が指先で突っつき、引っかき、つねって引っ張る。

『あーッ、はんっ、ああんッ、濡れちゃうッ……はっ、ああッ』

切なげな悦びの声に清彦も大胆さを増していく。

太もものあいだに手を入れ、くちゅ、くちゅ、といじりだす。

しばらくいじると、白いショーツをするりと脱がせ、直接愛撫する。

すべてにおいて事あるごとにＵＫの肩や腰がよじれた。

『んあっ、硬い指、いい……ああっ、そこだめっ、あくつ、ああッ……！』

男らしく血管の浮いた腕と、ゴツゴツと節くれ立った指。柔らかな女体と対照的な器官で愛撫され、彼女は瞬く間に登りつめていく。

『イッちゃうッ、イクッ、あああぁあッ……！』

白い脚が小刻みに震えていた。

清彦は指を抜くと、膝をつかんで左右に開かせる。剃毛《ていもう》済みでパイパンの秘処は愛液に濡れてテラテラと光っていた。

『いや……恥ずかしいです……みんなに見られちゃう……』

ＵＫが嫌がっているのはあくまで口だけ。清彦の体に頬ずりをして胸や腕を撫でる様はあきらかに悦んでいるし、さらなる行為を求めていた。

もちろん画面内の清彦も、それを理解している。

彼女をベッドに横たえ、膝立ちで腰を軽く振った。ぴしゃりと肉棒がおのれの下腹を打つ。長くて太い男の塊を誇示するためだ。

『見て、みんな……これ、大きいでしょ？　すっごいデカチン。いまからこれ、ハメちゃいますね。ピル飲んでるから生で……みんなのじゃないデッカいのでアヘアヘ言っちゃうかもしれないけど……嫌いにならないでくださいね？』

ＵＫはカメラに向けて、あらためて股を大きく開いた。

清彦はカメラに尻を向け、Ｖ字に開かれたＵＫの足首をつかむ。そして、上からゆっくりと逸物を下ろしていき、ぐぽり、と濡れ穴にねじこんだ。

『あっ！　ぁあああッ！　デッカいぃ……！　おま×こ開いちゃうッ、あひっ、あへっ、Ｇスポット突くの上手っ、ぅぅうッ……！　あっ、一番奥すぐ届くっ！　デッカいから奥っ、子宮にっ、んんんぅうッ、ごめんなさいっ、ごめんなさいぃッ』

配信を意識しての淫猥な解説も程なく崩れ去った。

ＵＫはつま先を開ききって股を痙攣させている。

『デカチンっ、これがヤバいんですぅ……！　簡単に奥まで届いちゃうから、すぐ奥イキしちゃって、あへッ！　まっ、待って、あぁあああッ！』

清彦が腰でのの字を書いて子宮を擦り潰せば、またも絶頂に達する。

さらに上下ピストンでオルガスムス。

両手両足で清彦にしがみついて、カメラに映らない角度で水音を立てる。

『んぢゅっ、れろれろッ、ちゅくくっ、ちゅぱぢゅぱッ！』

ディープキスをしながらも激しく突かれて、さらにまたひとイキ。

オナニー配信でもここまでイキつづけることは少ない。

体勢が変わっても、さらにイキつづける。

抱きあったまま横になっての側位。やはりキスをしながら愛情たっぷりに。

清彦にまたがっての騎乗位。カメラに背を向けても揺れる巨乳が腋から拝めた。

またがったまま、くるりと回転。カメラに顔を向ける。

唾液に濡れた口元が露わになっていた。

『んっ、ふふ……キスしたかったから、マスク取っちゃいました』

鼻筋は通っていて唇も艶やか。隠していた部分も美人である。舌なめずりをしながら浮かべる笑みは淫蕩の極みだ。童貞なら見ただけで射精するかもしれない。

『絶対に流出させちゃダメですよ？　最高プラン会員限定の配信だし、そんなお行儀悪いひといないと思うけど……もしものときは私、アカウント消して逃げちゃいますからね？　約束してくれたら……もっとえろいとこ見せてあげる』

ＵＫはベッドから降りた。清彦がベッドの端に座ると、開かれた股に座る。カメラに顔を寄せて快楽を謳《うた》う。

『あっ、やっぱり気持ちいいっ！　後ろから犯されて感じちゃう淫乱でごめんなさいっ、ああんッ！　はあっ、あーッ、おま×こバカになっちゃうッ』

口を大きく開き、濡れた舌を覗かせて淫靡《いんび》な声を響かせる。とろけきった表情はもちろんのこと、顔の下のバストもすさまじい。

とんでもなく揺れていた。

後ろから突かれ、みずからも腰を振るせいで、振動が倍になっている。その動きでパーカーが押し開かれ、双球が完全にまろび出てしまった。ともすれば顎にぶつかりそうなほどに弾み、踊って、汗を飛ばす。

『あーっ、あーッ！　ぁああッ……！　オナニーもいいけど、やっぱり生ハメよすぎるよぉ……！　このおち×ちんエグすぎて最高ぉ……ぁはぁあぁッ！』

手綱を取るように後ろ手をつかまれると、さらに突きこみが激化する。

バチバチバチと尻を殴るような肉音が連鎖した。

愛らしい若妻は不貞の悦びによがり、震え、よだれを顎から中空に垂らす。

『イッちゃうかもっ……！　イッ、イクッ、あぁぁあッ！　またイクッ、バカま×こもっと狂うッ！　狂っぢゃうぅうううッ！』

夫は妻である悠子がこれほど淫らによがることを知っているのだろうか。

おそらくは知らないだろう。

国崎悠子が裏配信をはじめたのは欲求不満だからだ。

奥を突かれて張りあげる狂おしい声も、はしたなく乱れた顔も。

『ごめんなさいっ、イクッ、ごめんなさいぃいぃいぃいいぃいいぃいいッ』

謝罪しながら迎える絶頂すらも。

瞳をまぶたに押しあげて白目がちになるアヘ顔も。

すべてが有料会員の目にさらされている。

逸物を揉みしだく媚肉のイキ震えを知っているのは、清彦だけかもしれない。

『あぁあぁあッ……出てるッ、精子びゅーびゅーって、ピルま×こにたっくさん、びゅーって、どぴゅどぴゅって、はぁああ、多すぎます……』

清彦は最後までしっかり出しきると、UKの体を後ろから抱きよせた。両脚を抱えて大股開きを強要すれば、ゆるんだ秘裂から白い滝があふれ出す。

『あぁんっ……！　本日一発目の中出しザーメン、すっごいたくさん……あっ、まだ出ちゃう、まだこぼれちゃう……ピル飲んでても妊娠しちゃいそう……』

UKは白濁の排泄感《はいせつかん》に恍惚《こうこつ》とし、空いた両手でピースをした。

『今日はまだまだパコパコしちゃいますよー。みんなもいっぱいシコシコどぴゅどぴゅしちゃいましょうね？』

動画時間は三時間に達している。

配信終了後も散々交わった。

その際は清彦がスマホで撮影しておいた。

すべてのハメ撮りデータはＰＣに移動している。

顔や声の加工も終えて、すこし悩んでから、覚悟を決めた。

「オフパコ裏アカ、作ってみるか」


清彦はまずオフパコ動画専用の会員サイトを作った。

有料会員専用のコンテンツとして動画を投稿。

コメンターには裏アカのさらに裏アカを作った。

名義はヒコシ。

音声コンテンツのキヨシとは別人のフリで、動画をアップロードする。有料会員用と違って加工を大きくして、尺も一分程度。

オフパコ裏アカ人妻、マシュマロボディのミナ元とコラボ動画。

匿名の大手配信者、元ヤリマンのデカ尻ちゃんとのハメ撮り動画。

おなじく匿名の大手配信者、謝罪アクメの爆乳若妻ちゃんとのハメ撮り動画。

それらを順にアップロードしていくと、すさまじい反響があった。

ヒコシのフォロワーは爆増。

有料会員もうなぎ登り。

恐るべきは女性からの感想が想像以上に多いことだ。

〈すっごい巨根ですね！　体もマッチョで素敵です！〉

〈オフパコ相手は募集してますか？〉

〈未成年ですけどお相手してもらえませんか？〉

〈体重七十キロはダメでしょうか〉

〈今年で十八歳の合法ＪＫです。学校を卒業したら処女もらってください！〉

大半は裏アカ女子である。

自分のアカウントで際どい写真を晒したり、自慰の声を投稿したり。快楽に貪欲であったり、男に飢えていたり、中には日常の呟きしかしていない一般アカウントでひそかにメッセージを送ってくる者もいた。

〈気軽に会えて後腐れのないセックス上手な男のひとは需要が高いんです〉

コメンターのダイレクトメッセージでミナ元に言われ、清彦は戦慄した。

恐るべし裏アカ事情。

そんななかでも、清彦は静枝、悠子、つやの三人とは顔をあわせ、ハメ撮りをした。

メッセージを送ってきた女性ともすこし会ってみた。住んでいる場所が近く、送られてきた写真が見目麗しい者を三人ほど見繕《みつくろ》った。

三人とも事後には性戯と巨根と体つきについて大絶賛してくれた。

許可を得て動画を投稿すると、有料会員とオフパコ希望がますます増えた。

「最近……週に二人三人とは普通に会ってるな……」

自分の生活が様変わりした事実に、なんだか釈然としない。

夢のなかで曖昧なままずごしている気がする。現実感が薄い。同時に、自分の外見に関するコンプレックスも薄らいできていた。

そんなときのことである。

ヒコシでなくキヨシのアカウントに個人メッセージが届いた。

メグからだ。

〈最近お話できてなくて寂しいよ。キヨシくんに、会いたい〉

後ろから頭を殴られた気がした。

「俺、なにしてたんだろう」

コンプレックスゆえに彼女に会う勇気がなかったが、もともと彼女にこそ会いたかったのだ。なのに複数の女性と関係を持つうちに、彼女のことを蔑《ないがし》ろにしていた。

コンプレックスを克服しつつある今こそ彼女に注力すべきではないのか。

〈よし、会おう。暇な時間教えて〉

そのメッセージを送るとき、ドキドキした。すこしだけ初々しい気持ちを思いだしたのかもしれない。

〈嬉しい！　ようやくキヨシくんにあえる……！〉

彼女は景気づけのように胸の谷間を見せつける写真を送ってくれた。

第五章　コスプレ裏アカ女子メグの正体

メグとの待ちあわせ場所は、隣の市のすこし大きな繁華街となった。

大型シネコンを擁したアミューズメントビル、二階。

ゲームセンターの脇にカプセルトイコーナーがある。いわゆるガチャガチャだ。おびただしい数のガチャガチャ自販機が積み重なり、立ち並んでいる。ちょっとした迷宮の様相である。

「ここにメグが来るのか」

通路からカプセルトイの迷宮を眺め、スマホを確認。約束の時間まで三十分の余裕がある。はじめて来る場所だったので確認しておきたかったのだ。

今日、清彦はメグを抱く。

まずは上の階で映画を見て、食事をしながら感想を言いあい、親睦を深めたところでホテルに行く。

彼女を悦ばせる自信は多少ある。

女性経験は積んだし、外見コンプレックスも和らいでいる……けれど。

「だからってイケメンではないし、熟練のテクニシャンでもないんだよなぁ……」

顔は普通、性戯はそこそこ。

悪くはないがすごく良いわけでもない。

現状の自己評価はそんなものだ。

(でも、メグにはできるだけ楽しんでほしいし、悦んでほしい)

いろんな女性と関係を持ったが、いまでもメグは特別だと思っている。

動画アカウントを別に作ったのも、オフパコのことを知られたくないからだ。

女遊びをしている軽い男だと思われ、嫌われてしまったら。あまり考えたくない可能性だが充分にありえる。

今日はおろしたてのシャツとズボンを着てきた。髪型はセンターパート。シンプルながら清潔感のある出で立ちに仕上がっている。女遊びをしているようには見えない、と思いたい。

「あ」

聞き覚えのある声がした。

まだ待ちあわせまで二十五分あるというのに。

「え、あ、う？」

清彦は狼狽《ろうばい》して声の方向に体を向けた。

すこし見下ろせば、スーツケースを引きずった小柄な少女がいた。口を丸くしている一方、白いキャップを目深にかぶっていて目元が見えにくい。

髪はしなやかに流れる黒のロング。

カジュアルなグレーのワンピースに、もこもこと大きめサイズの黄色いジャンパーを重ねている。足下のスニーカーも大きめで、脚の細さが際立《きわだ》っていた。

見た感じは中学生ぐらいの女の子である——が。

彼女が成人済みの女性であることを清彦は知っている。

「恵菜、どうしたの、こんなとこに」

故郷の幼馴染みは顔を逸らして「あはは」と乾いた笑いを漏らす。

「えっと、今日は友達と待ち合わせしてて……キヨにいちゃんこそ、なんかシュッとしてるっていうか、ヘン」

「似合わないかな……」

「ううん、似合うよ。かっこいいよ。いいと思う」

恵菜の声はまだ動揺しているが、嘘くささはない。だとしたら嬉しい。

「そうかな……そうか、ありがとう。恵菜も似合ってるよ」

「これね……あの、違うの。しばらく外あんまり出なかったし、新しい服買おうと思っても流行りとかわからなくて……これまだ着れたし、ソックスだけ変えたら誤魔化せるかなって……」

「もしかして昔の服?」

「……中学の。いや、違うの。胸はいちおうキツくなってるし」

成長していないと思われたくないのか、慌てて恵菜が付け加える。

中学時代から成長していないと思われたくないのか、慌てて恵菜が付け加える。

言われてみれば、ワンピースの胸元はずいぶんと不自然に張っていた。身長は中学で止まったが胸は育ちつづけたということか。

「友達と会うんなら、俺がいたら邪魔だよな」

「邪魔とかじゃないけど……私もキヨにいちゃんの邪魔だろうし……」

ふたり、言葉が妙によそよそしい。

沈黙が流れる。

かと思えば、ふたり同時に口を開いた。

「もしかして男？」

「もしかして女のひと？」

声が重なり、今度は口をつぐむ。

たがいに目を逸らして、気まずい空気が漂った。

「……じゃあ、俺いくわ」

「私も……またね、キヨにいちゃん」

ふたりは小さく手を振りあい、逆方向に歩きだした。

恵菜はカプセルトイの合間に消え、清彦はエスカレーターで上の階に昇る。

シネコンのロビーにたどりついて、ほっと胸を撫で下ろした。

「なんでこんなところに恵菜がいるんだ」

壁のポスターを見るふりをして物思いに耽る。

よりにもよってネットで知りあった女性とオフパコをするタイミングだ。事実を口にすればきっと軽蔑されるだろう。想像するだに気落ちしてしまう。

夏目恵菜の知る冬川清彦は女っ気がなく自信がない男のはずだ。そんな自分を実の兄のように慕《した》ってくれていた。

それがいまや恋人でもない女性を何人も抱くヤリチンである。

おまけにハメ撮り動画で荒稼ぎまでしている。

今日もまたネットで知りあった女性を抱く。

「嫌われちゃうかな」

おなじことはメグにも言える。彼女にもオフパコ関連の事情を知られたくはない。

低音ボイスがかっこいい裏アカ男子、ぐらいに思っていてほしい。

結局のところ、清彦は自分の醜い部分を知られるのが恐いのだ。

外見を気にして会えなかったころと本質は変わらない。

（メグと恵菜には嫌われたくないなぁ）

そう考えて、ふと気付く。

スマホを手に取り、メグとのやり取りを確認した。

〈キヨシくんと会えるのすっごく楽しみ〉

そのメッセージの上に、彼女から送られてきた画像がある。例のごとく胸の谷間を見せつける写真だ。顔は見えていない。

スマホをポケットに突っこんで、見たばかりの写真を脳内に思い描く。

映っていない顔を強引に想像してみると、見覚えのある顔が脳裏に浮かんできた。

あどけなさの抜けない少女めいた面立ち。

恵菜だ。

「まさか俺……メグと恵菜を重ねてたのか」

考えてみればふたりの声は似ている。高くて、ほんのり舌っ足らずで、子猫が甘えるような声。色鳥つやみのアニメ声とも違う、耳に馴染む自然な可愛らしさ。

さらに考える。思い出す。

彼女とエロイプをしているとき、思い描く顔は恵菜だったのではないか、と。

（俺、恵菜のことが……？）

思った途端に腹が決まった。

今日の予定は全キャンセルだ。

メグにドタキャンのメッセージを送ったら、すぐ恵菜を追いかけたい。自分が本当に会いたかったのは、メグではない。だれよりもセックスしたい相手は裏アカ女子でなく、現実で顔見知りの少女だった。

ふたたびスマホを取り出し、メッセージをしたためようとした。

ちょうどそのタイミングでメグからのメッセージが届く。

〈ごめんなさい。今日はやっぱり会えません。本当にごめんなさい〉

平謝りをされた。

つづいてまたメッセージが到着。

〈本当に好きなひとがいるんです。キヨシくんはそのひとに似てるから、気になって、会いたいと思ってました。でも、違いました。ごめんなさい〉

好都合とはいえショックはショックだ。

が、おなじことを言おうとしていたので文句を言う気も起きない。

〈そのひとと上手くいくといいね。応援してる〉

〈ありがとう、キヨシくん。キヨシくんも幸せになってください〉

スマホをしまい、エスカレーターを降りていく。

「え」

「え」

真横で昇りエスカレーターに乗っている恵菜とすれ違った。

下の階にたどりつくと、すぐに折り返して昇りエスカレーターに。

「あ」

「あ」

今度は恵菜が下りエスカレーターに乗っていた。

「恵菜、俺がそっちにいくから」

「う、うん……私もキヨにいちゃんに用があるから」

さらに下りエスカレーター。

カプセルトイ売り場のまえで恵菜が苦笑していた。

背が低くて、童顔で、しかし胸は大きな、すこし年下の幼馴染み。

彼女の姿がいつになくまぶしく見えた。

「なんかさ、タイミング悪いよね、私たち」

「うん、本当にな。それより待ち合わせじゃなかったのか？」

「いいの、キャンセルしたから。いまはキヨにいちゃんとお話したい」

「キャンセル？　でも、それじゃ……」

なにか変だ。おかしい。根本的に勘違いしている気がする。冷静さを欠いて、ごく当たり前のことを見落としているのではないか。

「あのさ……俺もキャンセルされたんだよ」

「え、そうなの？　偶然だよね。どんなひとと会う予定だったのかな」

「ネットの知り合いで……まあ、いろいろな」

「私もネットの知り合いだけど……」

キャップのつばを持ちあげた恵菜と見つめあう。

かと思えば、恵菜は目を閉じた。

「キヨにいちゃん、なんかしゃべって」

「え、なに。俺、どうかした？」

「うん、声、そうだよね。低音で脳にクる感じ……うん、ええと」

恵菜の頬が赤らんでいく。

彼女は深くうつむいて、肩を震わせた。

「……今日、だれに会うつもりだったの？」

「だからネットの知り合いで……」

「名前は？」

「……ヨシダさん」

「へえ。ヨシダさん？　ふーん？」

あきらかに信じていない口ぶりだった。

「私が会う予定だったのは……キヨシさん、だけど」

頭のなかでこんがらがっていた糸が、ぱっとほどけた。

あまりの情けなさに顔が紅潮する。

「もしかして俺、ものすっごいバカだったのかな」

「バカだと思う……すっごいバカ！　私も！　あーもう、なんでこう、なんで、ああ
ああ、なんなのかなあ、もう！」

恵菜は頭を抱えて身悶えをはじめた。小柄で可憐な恵菜には大袈裟な挙動もよく似
合う。そんな彼女を見ているのが清彦は好きだった。

「それじゃあ、あらためて……キヨシです、メグさん」

「メグです、はじめましてキヨシくん」

ふたりで苦笑を交わし、目を泳がせ、また苦笑。

「とりあえず、映画見ようか」

「うん、見る。キヨシくんの奢りで」

ふたりは予定どおり映画を見るべくシネコンに上がった。


映画鑑賞後は焼き肉を食べた。

食べ放題の肉を貪りながら、ふたりは映画の感想を投げ交わした。

「正直さ……キヨにいちゃん、恋愛映画ってわかる？」

「いやあんまり。アクション映画とかのほうが好きかな」

「女の子誘うからって背伸びしすぎじゃない？　キヨにいちゃんが好きな映画でぜん

ぜんいいのに……ていうか私も正直イマイチかなぁ、恋愛映画」

「じゃあインド映画とかでもよかったか」

「見たい見たい！　でも長いんだよね、インド映画」

「座りっぱなしでお尻痛くなるよな」

他愛ないおしゃべりをしていると昔の空気が戻ってくる。

かつては家でサブスクのアニメや映画を見たり、ゲーム対戦をよくしていた。男友達のように気の置けない関係だった。

(それに……恵菜の声を聞いてると、なんだか気分がよかった)

いまにして思えば、彼女の声が日々の癒やしになっていた気がする。

一人暮らしをはじめて交流が減ると、無意識に恵菜の残像を求めていた。そこでたどりついたのが裏アカ女子のメグだ。彼女に恵菜を重ね、好意を感じた。

もっとも、接触してきたのはメグのほうなのだが。

「やっぱりさ……いいよね、キヨにいちゃんの声」

恵菜は味つきカルビと白米を頬張り、嚥下《えんげ》してからそう言った。

「もしかして恵菜も俺の声に似てるからキヨシに……？」

「も、ってことは、キヨにいちゃんも私の声に似てるからメグに？」

返事を口にするのが恥ずかしくて、清彦は肩ロースを二枚頰張った。胃が肉を認識すると体が熱くなる。タンパク質がその場で精に変換されていくようだ。

自然と恵菜の口元に目が行く。

小さな口が肉をくわえる際、唇が蠱くその様が艶めかしく見える。

唇をぬめつかせる脂《あぶら》をちろりと舌でなめとる仕草も。

「ん？　なに？」

きょとんとした様子で視線をくれる顔は子猫のように愛らしい。

(そうだよ……こいつ、可愛いんだよ)

小柄な体躯と豊かな胸のギャップだけでなく、面立ちも整っていた。大人びた美人ではなく、少女のような可憐さを成人したいまも保っている。

「恋人とかはいなかったのか？」

そんな疑問が浮かぶのも当然のことだった。

「いないよ、いたこともないよ。いるわけないじゃん、この見てくれで」

恵菜は半眼で睨みつけてきた。それはそれで不機嫌な猫っぽい。

「いや、それは嘘だろ。声いいし顔もいいし、スタイルとかも……」

「はい、嘘。そっちが嘘ついてるよ」

「そんなかたくなに否定しなくても……」

と、ふいに思いつく。

いまの恵菜は過去の自分とおなじなのではないか、と。

コンプレックスに凝り固まり、他人の肯定を素直に受け入れられない。

「なにかあったのか？」

彼女はもともと引っ込み思案な気質ではあった。友達が多いほうでもなく、かといってだれかと衝突するタイプでもない。

恵菜はうつむいて箸《はし》を止め、猫背気味になる。

「私……デブだから」

「太ってないだろ」

「いまはエアロバイクとかエクササイズ系のゲームやったりしてるから……中学とか高校のころひどかったし」

「いや、太ってなかっただろ。たしかにいまは痩せてるけど、昔だって」

「太ってたよ。太ってるってみんな言うし……お肉食べてまた太っちゃうよね」

恵菜は乾いた笑い声を漏らした。

彼女が高校を中退したという話は伝え聞いている。その原因はもしかすると、中高と続いた「みんな」からの心ない言葉ではないか。

具体的になにがあったのかはわからない。ちょっとした誤解やいさかいで悪意に晒されたのではないだろうか。

そして刻まれたコンプレックスがいまも彼女を縛《いまし》めている。

「肉食え、恵菜」

清彦は焼けた肉を恵菜の皿に乗せ、追加の肉を網に配置した。

「今も昔も恵菜はスマートだし、すごく可愛い」

直球で褒めた。本音であるのはもちろん、照れも隠して一息に言う。一抹の疑念も彼女に与えないために。本気で褒められていると感じたときが一番嬉しいのを、清彦はよく知っている。

「可愛い、かな……」

恵菜は頬を赤らめ、もじもじと体をよじった。効いている。

「俺に自信があったら、もっとはやくに言ってたと思う。俺は恵菜をだれよりも可愛いと思ってるし、もっとモテると思ってたのも本当だ。正直マジで意外だし」

「そうかな……そうかなぁ……」

「そうだよ。だからこの後のこともめっちゃくちゃ楽しみだ」

「この後って……あの、やっぱり……うぅぅ……」

恵菜は耳まで赤くして、誤魔化すみたいに肉を猛然と口に詰めこんだ。

「俺もさ……自分のことずっと不細工だと思いこんで、女の子と会うなんて考えられなかったんだ。だからボイス系の活動で褒められるのが嬉しくて……」

「私も……声と、あとコスプレしてたらデブでも可愛いって言ってもらえるかなって。ちょっと瘦せてきてたのもあって、調子こいてたとこはあるかも……」

「恵菜のコスプレ似合ってたよ。声もすごくいいし、その、マジで数えきれないぐらい使わせていただきました」

「私も……キヨにいちゃんのボイスでいっぱいオナニーした……」

気恥ずかしい空気が流れ、ふたりは無言で肉を食べた。ときおり野菜を咀嚼するシャキシャキした音が混ざる。

そのまま完食。

支払いは清彦が済ませた。

店を出て歩きだしても、まだ無言。

(ついにするんだ……セックスを、恵菜と)

まるで初体験のときのように胸が弾んだ。鼓動が速くなったぶんだけ緊張する。

その何倍も緊張しているのは恵菜のほうだろう。彼女の言葉が真実なら処女であり、本物の初体験だ。

経験者の自分がリードしなければならない。

そこで彼女の手をつかんだ。

「ひゃう」

恵菜は素《す》っ頓狂《とんきょう》な声をあげたかと思えば、で握り返してくる。

まるで中学生のデートみたいで微笑ましい気もした。

けれど、間もなく訪れたラブホテルのまえでふたりの手がこわばる。

「キヨにいちゃん、手汗すごくない？」

おまえこそ手が震えてるぞ、という指摘《してき》を飲みこむ。

「こんなにかわいい女の子とラブホに入るんだから仕方ないだろ」

「そ、そっか……それなら、仕方ないかも」

えへへ、と恵菜は面映ゆげに笑った。コンプレックスがすこしずつ氷解しつつある。

彼女の心を癒やしたいし、セックスを愉しむためにもリラックスは必要だ。

ラブホテルに踏み入るとき、さらに追加で言葉をかけた。

「今日は俺だけの女神《ビーナス》になってくれるか？」

「ぶはっ」

恵菜は思いきり噴き出して、むせた。

さすがに女神《ビーナス》は飛ばしすぎだったかもしれない。

「ごほっ、ごほっ、キ、キヨにいちゃん、雰囲気台なしだよっ、あはっ、あはははっ、あーもう苦しいっ、ごほッごほッ」

むせ返りながらも笑いが止まらない様子を見て、清彦は苦笑した。

緊張がほぐれたなら良しとしよう。


奮発してすこし高い部屋にした。

キングサイズのベッドを置いてもなお空間に余裕がある。ゆったりくつろげるサイズのソファもある。

シャワー室がガラス張りで覗きほうだいなのは想定外。恵菜が引いてしまうのではないかと思いきや、彼女は嬉々としてそちらを指差す。

「すごいね、こういうの本当にあるんだ！　本物のラブホすごいね……あ、自販機ある！　バイブとか売ってる！　うわー！　うわー！」

子どものようにはしゃぐ様子からして、緊張感は欠片《かけら》もない。

――いや。

（むしろ緊張してるから無理にはしゃいでるのか？）

清彦はすこし考えた。

「恵菜、ちょっとソファにきてくれる？」

「うん？　なに？」

彼女を呼んで、ソファに隣りあって座る。

そこであらためて手を握った。今度は両手で両手を包みこむように。体が小さいので手指も当然小さい。慈《いつく》しむように撫でながら、まっすぐ彼女を見つめる。

「今日はありがとう。俺に会いにきてくれて。すごく嬉しいよ」

「それは……約束したから」

約束を交わしたのは清彦と恵菜でなくキヨシとメグだが、そこは置いておく。

いまは腹の底から気持ちを吐き出すときだ。

「……好きだよ、恵菜」

恥ずかしい。顔が熱い。いますぐ蒸発して消滅したいとすら思う。

それでも伝えたい気持ちがあった。

「キヨにいちゃん……私も、好き、です」

恵菜も顔をりんご色に染めて、片言になりながら、言う。

ふたりは視線を逸らさない。長いあいだ秘めてきた気持ちを伝えるには言葉だけでは不十分だ。目で、手で、そのほかすべてを使わなければならない。

清彦は恵菜を抱きしめた。

恵菜も抱き返してきた。

「好きだよ、恵菜」

くり返す。恥ずかしいが、首を交差させているから照れ顔を見られる心配はない。彼女の顔が見えないのは少々惜しいけれども。

「私も好き……だけど」

恵菜の手が背中に強くしがみついてくる。

「キヨにいちゃんはじめてじゃないんだよね？」

「……うん、多少は経験ある」

「ヒコシってアカウント知ってる？」

凍りついた清彦の背に、恵菜の爪が食いこむ。

「オフパコ系の裏アカ男子なんだけど……声がね。似てるの。体つきも、まえにキヨシくんのアカウントで見せてた上半身と似てたし……黒子《ほくろ》の位置もいっしょ」

「オ、オフパコアカウントとか見てるんだな……」

「裏アカの知り合いが教えてくれたの。キヨシくんが別名でオフパコさんをやってるって……嘘だと思いたかったよ」

爪がどんどん背中に食いこんでくる。なまじ指も爪も小さいからこそ一点に圧力が集中して深く刺さっていた。服を着ていなければ出血していたかもしれない。

「私《メグ》とは会わなかったのに、ほかの女のひとと会ってた」

「ち、違うんだ、それは……あれは、その、自信をつけるために……」

「逆の立場でもそう言える？　大好きな女の子が自分に自信つけるために、ほかの男に処女あげましたって言われたら」

「……それは嫌だな、すごく」

「でしょ」

反論のしようもない。彼女の初体験をほかの男に譲りたくはない。

女性は童貞にこだわらないイメージがあるが、やはり場合によるのだろう。恋人でもない女とのセックスを撮影して金に換えるのは、きっと印象最悪だ。

「だから、キヨにいちゃん」

恵菜は清彦を突き放した。

距離を置いてまっすぐ見つめてきた——かと思えば、しゅんとうつむく。

「これからは私を一番に……して、くれますか」

見つめあった途端に自信がなくなってしまったらしい。

清彦は彼女の両手をふたたび握り、胸の高さに持ちあげる。

「恵菜が一番好きだ。一番大切にする。俺の一番は一生恵菜だから……俺のこと、嫌いにならないでほしい」

「じゃ、じゃあ……キス、して」

彼女はタコみたいに唇を突き出してきた。本当に男性経験がないのだろう。

清彦は逆にすこし落ち着きを取り戻した。

優しく彼女の頬に手を当てる。

「息は止めなくてもいいよ。ゆっくり吸って、吐いて」

「すうう……はああ……んっ」

指先で耳をなぞれば、彼女の体が小さく震えた。もともと声フェチなので耳は敏感なのだ。責めるならやはりそこしかない。

「キスの音、しっかり聞いてくれ」

「しっかりって……」

「ほら、目を閉じて。キスしてあげるから」

「は、はい……お願いします」

恵菜は目を閉じて多少なりとも落ち着いたのか、唇をほんのりと押し出す。

清彦はそこに優しくおのれの唇を重ねた。サクランボをくわえるようにすべて丸呑みできそうなサイズ差だった。

「ん……ふ……」

息を漏らす鼻も小さい。顔自体が小さい。子どもじみている。

唇をちろりとなめると震えるところは子どもどころか小動物だ。

唇を開いておずおずと這い出してくる舌も当然ミニサイズ。

けれど、粘膜同士が接触した瞬間、双方向に流れる電流は特大である。舌先から脳まで逆流し、愉悦で昂揚感が爆発する。

「ちゅくっ、れろぉ」

「はあ、あっ、んちゅ……んんっ」

それでも清彦はおのれを律し、優しい舌遣いを心がけた。いままでと違って、今回は自分がリードする立場だ。いきなりむしゃぶりつきたい気持ちはあるが、それ以上に彼女が萎縮《いしゅく》しないように気を付けたい。

それでいて、弱点はしっかり責める。

彼女の頬を掌底で撫でながら、両耳に中指を差しこんだ。

「あっ……！　お、音、すごい……！」

耳を塞《ふさ》ぐと外部の音が遮断《しゃだん》されるかわりに、内部の音が大きく聞こえるのだ。口舌で弾ける水音が頭蓋を反響し、より生々しく卑猥なメロディを奏《かな》でる。キヨシの音声でオナニーをしていた彼女は耳責めが効くはずだ。

「あっ、やだっ、ああっ……！　恥ずかしいッ……キヨにいちゃん、だめぇ……！」

「恵菜からも舌からめて、ほら」

唾液をたっぷり絡めた舌で、たくみに彼女の舌を巻きこんでいく。

ねっとりと擦るばかりではない。歯でやんわり噛んだり、唇で挟んで吸ったりもする。もちろん彼女の反応を見て、すこしずつ興奮を高めていく。

「あッ、はちゅっ、ちゅむぅうっ……！　んんっ、ああっ……！」

腕のなかの小さな体が火照りきったところで、ようやく唇を解いた。彼女の口は半開きで、舌先がこぼれっぱなしの酩酊顔である。唾液が三本ほども糸を引いていて、ひどく艶めいていた。

清彦は彼女の耳も解放し、そこに唇を寄せる。

「キスすごくよかったよ」

収録時とおなじように、低音で鼓膜を震わせ脳を溶かす。

「はうぅ……私も、よかった……とけちゃった……」

夢見心地の恵菜が愛らしくてたまらない。小柄な体躯を思いきり組み伏せて腰を振りたいが、とにかく今は忍耐の時。

あやすように彼女の狭くて薄い肩をそっと撫でる。

「いろんなところ触ってもいい？」

「うん……触ってほしい……キヨにいちゃん、たくさん触って？」

上目遣いでおねだりしてくるのは狙ってなのか、天然なのか。どちらにしろ恵菜の童顔でやられると恐ろしく効く。しかもジャンパーを自分から脱いだ。ノースリーブのワンピースから肩と腕が剝き出しになっている。

「寒くない？」

清彦は優しく耳に声を吹きこみながら、肩と腕をさすってやった。

「キヨにいちゃん、やさしい……」

「恵菜が小さくて可愛らしいから、大切にしたくなるんだ」

半分は本音。もう半分は、めちゃくちゃに抱きたい気持ちを抑えている。

しかし彼女の素肌の手触りは抜群に良い。肌がきめ細かくて艶がある。撫でているだけで幸せになる肌質だ。

腕から手に移り、指を絡ませてもやはりスベスベでうっとりする。若い皮膚を堪能《たんのう》するための手つきは自然とソフトになる。

「あぁ……キヨにいちゃん、キヨにいちゃん……」

恵菜は多幸感に酔いしれていた。肌もすっかり熱を帯びている。ふたたび手から腕に昇り、肩を経由して首を撫でた。

「あんッ……あっ、はあっ……！」

直接的な性感帯でない部分も過敏化している。首から鎖骨を通り、腋と乳房の狭間へと指を這わせた。

「あ、待って……ブラ、外すから」

恵菜は自分の背に手をまわし、ワンピースのうえからホックを外した。肩ストラップを引っ張って腕を抜く。あれよあれよと言う間に首元からブラが抜き取られた。そのカップが思っていたよりも大きくて、清彦は息を呑む。

「それじゃあ……おっぱいいじめてください、キヨにいちゃん」

すこし舌っ足らずに求める声は清彦の脳を直撃する。

（そうだった……メグもボイス投稿してるんだった）

声の専門家は自分だけではない。男のツボを突くセリフと発声で、清彦の抑えていた衝動を揺さぶる。

「ああ、それじゃあ、いじめてあげるよ」

それでもなお清彦の手つきは落ち着きを失わない。声以外の経験であれば自分が上だという自負もある。

手の平をいっぱいに使い、ワンピース越しの丸みを撫でた。

「あぅ……んッ、はあッ……！」

やはり基本はフェザータッチ。服の表面をそっと撫でるだけのソフトな責めが性感神経には効きやすい。ブラがなければなおのことだ。

（それにしても、デカい……！）

小柄な彼女の肉体で唯一、特大と言っていいのが乳房だった。手に余るサイズである。手首を使った大振りでなければ愛撫が全体に行き届かない。

「あっ、ぁあ……あんっ」

大きいからと言って感度が悪いわけでもない。むしろ良い。キスと声で昂ぶっていることを考慮しても、初めての異性経験でこの反応はかなりのものだろう。

とくに感じやすいのは、当然だがぷっくりと布を押しあげる突端。手の平で撫でるだけでも、快感に肩を跳ねさせている。

爪で素早く引っかくとさらに身悶えが大きくなる。

「はっ、ああッ、それ、それぇ……！　カリカリするやつぅ……！」

「やっぱりこれ効くんだね。すごくえっちな声出てるよ？」

言いながら耳を噛んでみた。

「あっ、ぁあああッ……！　やだ、声止まんないっ、あんんッ……！　来ちゃうっ、おっぱいだけで来ちゃうぅぅ……！」

想像以上に感じてくれているのが嬉しかった。

ここぞとばかりに乳首をつまみ、しごいてやる。

「ぁあああッ……！　イックぅうッ……！　んんんんッ……！」

愛らしい小駆がたわわな乳房を揺らして震えあがった。鼻の奥を突き抜けていく声はハチミツのように甘ったるい。聞いているほうが達してしまいそうだ。

「恵菜、おっぱいでイケるんだね」

「……キヨシくんにおっぱいいじめられる想像して乳首いじってたら、イケるようになってたの。だから、キヨシくんのせいだよ……責任とって」

胸だけでイクには才能と訓練が必要だと聞いたことがある。言わば恵菜自身の責任だが、これほど被《かぶ》りたい濡れ衣《ぎぬ》もほかにあるまい。

「どうすればいい？」

「私、もっとえっちな声出したい……」

けっこうな好き者でなければ出ない発言だった。

メグとして通話しているときも彼女は性に積極的だった。会ってセックスしたいと言いだすのはいつも彼女のほうである。

「おま×こいじめてください」

そんな言い方をされて黙っていられる男がいるはずもない。

清彦は悦んで刑に服した。

まず自分はソファから降りる。

彼女にはショーツを脱がせ、ソファに浅く座らせた。スマートな脚を思いきり下品に開かせる際は、さすがに顔を手で覆って恥じらっていた。

「ああぁ、恥ずかしいよぉ……！」

角度的にミニワンピースでは女陰を隠せない。丸見えである。

白い肌の中心にこんもり膨らんだ恥丘と清廉なクレヴァスがあった。

「剃ってるの？」

思わず聞いてしまった。縮れ毛が一本も見当たらない。さりとて剃り跡らしきものは微塵《みじん》も見当たらない。

「……パイパンです」

「まさか、天然モノ？」

「うん……男子的にこういうのアリかな？」

「アリだよ。恵菜らしくて可愛いし、おま×こ見えやすいし」

つい下劣な物言いをしてしまうほど清彦は感動していた。剃る必要もなく陰毛がないなど、まるで子どもではないか。

しかも裂け目から桃色がほとんどはみ出していない。ほぼ一本スジ。

愛らしい妖精のような彼女にふさわしい幼げな股間である。

興奮に男根がドクンドクンと脈打った。

「それじゃあ、可愛いおま×こいじめてあげるね」

清彦は彼女の股のまえに膝をついた。冷静さをどうにか保って、指先を秘裂にあてがう。軽い接触で割れ目が咲きこぼれ、ピンク色の花弁の合間からとろりと露《つゆ》が漏れた。濡れて艶めく秘処そのものがやはりこぢんまりしている。

いたわるように優しく、指の腹で全体を撫でてみた。

「あッ……！　あーッ、指っ、キヨにいちゃんの指っ、あぁぁあ……！」

膝をガクガクと震わせるほどの感じように清彦のほうが驚いた。

(そんなに俺に触られたかったのかな)

嬉しくなって、いとおしくて、指先に愛情がこもる。

慎重に、探るように、指先で陰部をなぞった。小陰唇と、その合間の桃色庭園。上部で膨らんだ鞘《さや》つきの小豆《あずき》。その下、点のような尿道。

さらに下の窄まり――膣口。

これからふたりがひとつになるために使う穴。

(小さい……！　絶対にすごく狭い……！)

恵菜は小柄なうえに、つやと違ってお尻も大きくない。綺麗な丸みを描いてはいるが、骨盤そのものが小さめなのだ。それもまた妖精じみた可憐さを強調しているのだが、骨盤が小さいと秘処も当然小さくなる。あきらかに狭苦しい小径だ。

小指で軽く押し引きすると、驚くほど柔軟に膣口が割れた。小指をくわえこみ、ちゅぱちゅぱと吸う。

「はあッ、やあっ……！　指、太いぃ……！」

「クリもいじめてあげるよ」

ぬめつく粘膜の心地よさを小指に感じながら、親指で陰核をこすってみた。

「あっ、あッ、あんッ、あンッ……！　あぁ、どうしよ、すごい……！」

顎をあげて感じ入る姿がいとおしい。

クリ責めと膣口への浅い出し入れを右手に任せ、左手は乳房へと。ワンピースのボタンを外し、柔玉を暴きだす。

「や、だぁ……！」

「隠さないで。恵菜のおっぱい、見たいんだ」

胸にあてがわれようとした細腕をつかんで、頭のうえにホールドする。

ワンピースからこぼれた乳肉がゆっさりと弾んだ。肉の重量と若い肌の張りを感じる絶妙な躍動である。

(思ったより大きいぞ、これは)

単純な大きさなら悠子ほどではないが、印象的には負けていない。背が低く、胴体が薄くて細いぶん、バストサイズが際立って見えるのだろう。

それでいて、突端部の色は上品で薄い。乳輪と白い肌の境目が曖昧なピンク色だ。乳首も胸全体のサイズからすれば控えめで可愛らしい。

ちゅ、と口に含む。

「あぁんっ、いや、だめ……！」

恵菜は身をよじるが腕で抗う様子もない。清彦はホールドを解き、空いた手でもう一方の乳房を揉んだ。優しいマッサージで感度をあげて、そちらの乳首も吸う。交互に吸う。どちらもほんのり汗の味がして美味しい。

ぢゅぱぢゅぱと激しく水音を立てれば、秘壷が蠢いて反応する。

「キヨにいちゃんッ、ああッ、キヨにいちゃんッ……！」

両胸と秘処の三点責めで恵菜の体がどこまでも熱くなった。

興奮し、気持ちよくなってくれている。その事実を感じて、清彦は歓喜と昂揚に包まれた。

「すごいよ、恵菜……指、もう根元まで入ってる」

中指がまるごと膣にきゅうきゅうと締めつけられている。

「え、あっ……！　あの、これは、違うから……！　私、男のひととはこれがはじめてで……！　ただ、オナニーとかいっぱいしてるから、それで……」

「膜、自分で破っちゃった？」

「……うん、奥まで入れるの気持ちよくて」

「これが気持ちいいのかな？」

膣奥の盛りあがりを指の腹でこすると、細脚が如実に震えだした。

「あーッ！　ああッ、ぁあああっ……あーっ！」

「エロイプのときも子宮いじめてほしがったりしてたよね」

「してたぁ……！　いじめてほしかったぁ……！　キヨにいちゃんの声聞いて、ディルドで奥ゴリゴリしてたのぉ……！」

「こういうふうに？」

中指で子宮口をぐっと圧迫。

陰鞘を親指で剝き、肉粒を直接擦る。

乳首を吸い、他方の乳房と乳首を手でいじりまわす。

いままでの女性経験で培《つちか》ったテクニックを総動員した。全力で彼女を感じさせ、悦ばせたかった。結果は迅速に訪れた。

「あっダメッ、無理っ、むりむりむりッ、あぃいいいいいッ！」

恵菜は宙を蹴って絶頂に達した。


清彦は愉悦の余韻にぐったりした恵菜をベッドに運んだ。

仰向けにして、ワンピースを脱がせる。

恵菜は一糸まとわぬ姿で、濡れた瞳をただ向けてくる。期待の眼差しだった。胸も股も隠すことなく、それどころか自分で脚を抱えあげる。

「私の処女、もらってください」

ずっと聞き惚れてきた甘い声で求められ、清彦の感情は爆発した。

「抱くぞ、恵菜」

細脚のあいだに腰を下ろす。はち切れんばかりに怒張した逸物を湿りきった縦割れに擦りつける。ぐちゅぐちゅと亀頭に愛液をまぶす。

「あぁぁッ……！　きてっ、してッ、セックスして……！」

よほど昂ぶっているのか、恵菜は膝を抱えすぎて膣が上を向いていた。

清彦ものし掛かるようにして、逸物を上から挿し下ろしていく。

狭い入り口がコリコリして刺激が強い。そこを抜ければ、ぬめつきながら窄まる窮《きゅう》屈《くつ》な襞道がつづく。それらを巨根でゴリゴリと擦り潰しながら直進。

すぐに最奥へ辿《たど》り着いた。

子宮口を押し潰すや、肉穴が痙攣する。彼女の全身が打ち震える。

「あへっ、おぉおッ……！　イクッ、イグッ、あぉおおッ！」

たやすく絶頂に達するばかりか、異様な声が出ていた。いつものあどけなくて可愛い声とは少々違う。濁音まじりの獣じみた声である。

「いっ、いやッ、これダメぇぇッ……！　かわいくない声出ちゃうぅぅッ」

声質の緩急がすさまじく、獣声と美声が入り交じっていく。人前では絶対にあげられない、みっともなく歪んだ発声だ。かつてない快楽に翻弄《ほんろう》された証だと思えば、むしろ至上の媚声と言っていい。

「それもっと聞かせてくれ……！　そのエロすぎるアヘ声！」

清彦は腰をよじって最奥を責め潰した。子宮口を擦り潰すばかりか、膣口を強引に押し広げる動きである。

それで痛がるような反応はない。むしろ逆。

口を開きっぱなしで舌もヨダレもこぼし、焦点のあわない目でよがり狂う。

「おっ、おッ、あおッ、おへッ！　これヤバッ、ヤバいッ、あああッ、ヤバいヤバいヤバいッ！　ひぃいいいッ、イクぅぅッ！」

「いっぱいイけ！　はじめてのチ×ポでイけッ！」

恵菜は法悦の極みにまた全身を憂悶させた。

恐ろしく敏感でイキやすい。子宮口を使った奥イキはすればするほどイキやすくなるものだが、それにしても感度がよすぎる。

抱いていてこんなに愉しい女体があるだろうか。

清彦の腰は嬉々として躍りだした。

上下動で入り口から最奥までを擦って突く。パンパンパンと音を立てて、経験豊富な年上女を抱くときのように乱暴に。幼げで小さな体を壊さんばかりに容赦なく。

「はへっ、あへッ、あおッ、ぉおおおッ！」

「恵菜がそんなエグい反応する子だとは思わなかった……！」

「いやっ、やだぁあ……！　許してっ、嫌いにならないでぇ……！」

嫌いになどなるわけがない。逆に愛しさが増している。

言葉で答えるかわりに、清彦はキスをした。

すると恵菜から猛然と舌を絡めてきた。

「むちゅっ、ぶちゅッ、ちゅぱちゅぱッ！　れろれろッ、べろぉおおッ……ぢゅるるっ、ぢゅっぱ、ぢゅっぱ！」

舌も唾液も貪りつくす勢いで吸いついてくる。

両手と両脚で清彦にしがみつく。柔乳がふたりのあいだで押し潰されて平べったくなるほど熱烈に。

全身全霊の愛情表現に清彦ものぼせあがった。全力でピストン運動に耽りながら、獣のベーゼに酔いしれる。

「恵菜、えなっ、えなッ……！」

「キヨにいちゃんっ、キヨにいちゃんっ、すきっ、好きぃぃッ」

キスをしながらでは呂律《ろれつ》もまわらないが、たがいの言葉はなぜか聞き取れた。

愛のあるセックスのすさまじさをはじめて知った。

零距離で絡みあい、肌と肌で熱を分かちあい、性器と性器を狂おしく交える。ばちゅんばちゅんと肉音がするたびに快感と情熱が増した。愛情のないオフパコでは得られない、感動的なまでの経験である。

「じゅるぢゅるっ、ちゅばッ！　あおッ、また来るっ、来ちゃうぅぅッ……！　いっぐうっ、いぐいぐッ、おへッ、いぐぅううううッ！」

「出すぞ、中出しするぞ、恵菜ッ……！」

たかぶりきって、ふたりは全身に力をこめた。

清彦は思いきり突く。

恵菜は力のかぎりしがみつく。

ごちゅり、と亀頭が子宮を潰した瞬間、沸騰した。

びゅるる、びゅーびゅー、と灼熱感を噴き出す。小造りな肉壺はあっという間に満杯となり、膣口から白いしぶきが飛び散った。恵菜がしきりに全身を蠢動させるものだから、結合部が歪んで小さな隙間がたびたび開いていた。

「はへっ！　あへっ、あーッ、あおッ、おーッ……！　ひぎッ、んぉおおッ……精子、すっごいぃぃ……！　ちゅっ、ちゅっ、ちゅっ、ちゅくっ」

絶頂をじっくり味わいながらもキスは忘れない。やはり愛情表現と言えば口づけである。ふたりの気持ちが強く結びつくようだった。

恵菜はうっとりと清彦を見あげ、透明な雫《しずく》を目から垂らす。

「キヨにいちゃん……気持ちよかった？」

「ああ……すごくよかった」

「動画のひとたちとおなじぐらい……悦んでくれたかな」

想定外の言葉に清彦はリアクションしきれない。

彼女の浮かべる笑みにはすべてを見透かすような達観すら感じられた。

裏アカ自撮り女子メグにも独自の交友関係がある。

そのなかにはオナニー配信者のＵＫもいた。もともとコスプレ自撮りという共通の趣味があって、つながった縁だという。

先日のセックス配信の話をたまたま聞き、相手の男がキヨシだと知った。彼の動画アカウントも知った。自分以外の女と散々セックスしていると知った。

「妬いたよ、ものすごく」

自分が会いたいと言っても断ったくせに、ほかの女ならいいのか。自分のことは好きじゃないのか。嫉妬のあまり頭がどうにかなりそうだった。

やはり自分がデブだから？

昔いじめてきた女たちのように、キヨシも自分を豚だと思っているのか。

「いま思うと、あのイジメはたぶん……あの子の好きな先輩が私に告白してきたから、怒って嫌がらせしてきたんだろうけど……」

いじめの原動力となった嫉妬の力を、恵菜は身をもって知った。

「それでもう頭めちゃくちゃになって、もし今日セックスできなかったら一生だれともセックスできないんだって思ってた……でも、キヨシくんがキヨにいちゃんだってわかったら、なんだかもうどっちでもいいやって……」

恵菜は寂しげに笑った。

「今日だけでいいから、キヨにいちゃんに愛してほしいの……私、ＵＫちゃんやつやみちゃん、ミナ元さんにくらべると背も低いし子どもっぽいけど……でも、今日だけでも愛してもらえたら、きっと自信が持てるから」

そう語り、彼女は柔胸をぎゅっと左右から押さえた。

挟みこまれた男根が心地良い刺激に満たされる。

清彦は仰向けの恵菜の腹をまたぎ、乳間にペニスを委ねていた。

「パイズリだっていっぱいしちゃうよ。おっぱいのサイズは自信あるから……」

恵菜は仰向けで潰れがちな乳房をたくみに手で起こし、揉みあわせた。ゆっさ、ゆっさ、と上下させて逸物に奉仕する。

「うっ、くっ、気持ちいいっ……！」

「キヨにいちゃんが好きそうなコスプレも持ってきたし……」

恵菜はスーツケースで持ってきた服に着替えていた。

アニメの淫魔《サキュバス》キャラのコスプレ衣装である。角つきカチューシャにピンク色のボンデージ。胸元は大きく開いてパイズリ向きの構造をしている。卑猥なデザインをしているが、あちこちにフリルをあしらうことで恵菜にぴったりの愛らしさも含まれていた。

「ねえ、好きって言って……もっと私を好きって、嘘でもいいから」

「嘘じゃないよ……好きだよ、恵菜」

「ありがと、キヨにいちゃん……UKちゃんほど大きくないけど、私のおっぱいで気持ちよくなってね」

リズミカルに胸を揺さぶり肉茎を擦る。

ゆっさゆっさ、と揺らすたびに、ぱちゅんぱちゅんと水気が弾けた。

手つきはあまり慣れていないが、単純に肉の量による圧迫が強くて気持ちいい。事前に垂らした唾液も程よく潤滑を促す。

「はうっ、ぐうッ、恵菜……！」

感動だった。巨乳の幼馴染みがパイズリなどという猥褻行為をしてくれている。しかも可愛くてセクシーなコスプレ衣装で。

喜悦のあまり清彦の腰は勝手に動きだした。

乳揺れにあわせて前後すれば、肉の海から亀頭が飛び出す。

「れろっ……ちゅくっ、べろべろぉ、むちゅっ」

「あっ、恵菜っ、そんなことまで……！」

恵菜はためらいなく亀頭に口をつけた。舌でなめ、唇で吸う。さきほど口と口でしていたときとおなじ熱烈なベーゼだ。

さらに彼女は予想外の言葉を口にする。

「撮って、キヨにいちゃん」

「え、いいのか？」

「ほかのみんなみたいに……私もキヨにいちゃんとセックスした証拠がほしい」

想いが深いのか、思っていた以上に淫乱なのか。

清彦は手を震わせてヘッドボードのスマホをつかみ、撮影アプリを起動。肉棒の出入りする双峰と彼女の顔を画面に入れた。

すると恵菜は乳肉を手首で挟み、空いた手でピースをする。

「やっほ、みんな……メグはいまキヨシさんのでっかいおち×ぽでおっぱいレイプされちゃってます。ドキドキしてます……ちゅむっ」

視聴者を意識したセリフは自撮り裏アカ女子らしい自己アピールだろうか。愛らしくもはにかみ笑いを浮かべながら、亀頭にねっとりキスをする。

亀頭の汚れをこそぎ取るようになめる。

鈴口から先走りを吸いあげる。

手首でぎゅっぎゅっと柔肉ごとペニスを圧迫マッサージする。

「あっ、キヨシさんいま、すっごく苦しそうな顔してる……がんばれ、がんばれ、負けるな、負けるな。メグのお口とおっぱいで溜まったものピュッピュして、気持ちよく元気になってね」

普段よりほんのり舌っ足らずで、媚びの強い口調。

男を誘うための甘え方。

キヨシとして仲を深めた裏アカ女子の喋《しゃべ》り方に、清彦は耐えられなかった。

「イックぅ……！」

思いきり腰を押し出し、肉棒の根元に溜まった凝《こご》りを放出した。

「あっ……！　やんっ、あはっ、すごっ……！　あーん」

みっちりと密閉された肉の牢獄から真っ赤な亀頭がはみ出し、白濁が飛んだ。びゅるる、びちゃびちゃ、と童顔を汚す。彼女が大きく口を開ければ、そこにも容赦なく命中する。それを彼女は幸せそうに受け止めていた。

「あうっ、へぁあ……ひゅごい、あちゅい、いっぱい……」

顔をパックされ、口に汁溜まりを作られ、彼女は恍惚《こうこつ》としている。サキュバスコスプレにふさわしい好き者の表情だった。スマホ越しに見ている清彦はぞくりと背筋を震わせた。

（恵菜ってこんなにエロかったのか）

彼女に性欲があることはわかっていた。エロイプをしていた時点で結構な好き者である。けれども、メグの正体が恵菜とわかって、昔から知っている彼女の印象が混ざってしまった。ひどく意外で、そのギャップが余計にいやらしい。

「見へへね、キヨシくん。んんぅう……ごくんっ」

恵菜は口内に溜まったものを嚥下すると、ダブルピースを顔に寄せた。あらためて大口を開けて舌を出す。

「ぜーんぶ飲んじゃぃました」

この淫乱をもっと犯したい。清彦は心からそう思った。

撮影用スマホはふたつに増やした。

清彦のものはベッドサイトに置いて、側面から撮影する。

恵菜のものはベッドのヘッドボードに。四つん這いの彼女の顔をアップで映す。

「いまからメグは、キヨシさんに後ろから、あっ、あぁああ……ッ！」

彼女が話している最中から、清彦は逸物をねじこんでいく。

小さな蜜壺は肉の奥まで湿潤して、柔らかさが増していた。極太の棒肉で押し分けると、ぶじゅぶじゅ愛液をあふれさせる。

「ひんっ、はへっ、あぉおおおッ……！　やだぁ、どーぶつみたいな声出ちゃううぅうッ……！　下品な声でごめんなさい、ごめんなさいぃいっ」

謝罪しながらも小ぶりな尻肉を左右に振っていた。もっと欲しいのだろう。

清彦は初っぱなから景気よくピストン運動に耽った。

パンパンパンと小尻を打ち鳴らし、どちゅどちゅどちゅどちゅと最奥を穿つ。

「オッ！　おへッ、奥っ、奥ヤバいぃいいッ！」

声が歪み、たわんで、愛らしさと無様さを行き来していた。ベッドのまえの壁には鏡がはめこまれているので、崩れた表情までよく見える。

愛らしい童顔が精液まみれで切なげにとろけていた。

目は潤み、ときおり瞳孔が上を向いて白目がちになる。口は開きっぱなしでヨダレが止まらない。顔全体が痙攣気味に引きつることもあった。

すべてが清彦の腰振りに従っていた。

思い出の可憐な少女が淫楽の底に落ちゆく様は、ひどく背徳的で胸を打つ。股間がたぎる。もっともっと犯したいと思う。

「ひぐッ！　死んじゃうっ、おま×こ死んじゃううぅうッ！　キヨシさんのおち×ぽ、ほんとにエグいのぉ……！　こんなのみんな狂っちゃうよぉ……！」

ぎゅぎゅ、と壺肉が窄まった。

「みんなこのおち×ぽに堕《お》とされちゃったのぉ……！　メグ、一番に堕ちたかったのに、七番目になっちゃったぁ……！　ああっ、やだぁ、七番目やだぁ……！」

喘ぎのなかに嫉妬が混じる。

しかしやはり秘処は昂揚したように脈動する。

（もしかして、恵菜って……）

清彦は思いつきをそのまま実行に移すことにした。快楽のあまり脳が茹《ゆ》だって気が逸《はや》ったのかもしれない。

「もっと気合い入れて腰振らないとほかの女呼ぶぞ」

かつての清彦なら絶対に言わないセリフだった。目の前の女性を、だれよりも愛しい女性を貶《おとし》める最悪の言葉である。

だがしそれは想像以上の効果を生んだ。

「やだっ、やだぁあ……！　キヨにいちゃん、私だけ見てよぉ！　おち×ぽ私だけに入れてッ！　私だけにパンパンしてッ！　お願いしますっ、お願いしますぅ！」

恵菜はシーツを握りしめ、必死に尻を振りだした。

ぐりんぐりんと円を描いて肉茎をこねまわす。

その快感に屈しないよう、清彦は肛門に力を入れて堪えた。

「そのケツ振りはいいな、ミナ元さんみたいで」

「いやあぁ……！　ほかのひとの話しないでぇ！　私だけ見てッ！　恵菜だけ見てよぉ！　おま×こ締めるからッ！　がんばって締めるからッ！　キヨにいちゃんのためだけのデカチンしごき穴になるからあッ！」

自分を貶めるようなセリフを口にして、言葉どおり膣を締めてくる。そして摩擦と圧迫が強まれば、彼女自身が愉悦に全身を震わせた。

もちろん乳肉も震える。後ろからでも腋から覗けた。

「おっぱいもUKさんほどじゃないけどデカいしな」

「ううぅ、ふぅ、ふぅ、やだぁ、意地悪ぅ、いじわるぅ……！」

ついに恵菜はしゃくりあげ、涙を流した。

それ以上に秘処が蜜の洪水を起こしている。

(やっぱりそうだ)

彼女の心と体に起きていることを、清彦は敏感に察知した。これまでの女性経験でセックス中の観察眼が鋭敏化している。

「つやみさんにしたみたいに中出ししてやるよ！」

あえてほかの女性を引きあいに出したうえで、全力ピストンに入る。

細腰をつかんで引き寄せながら突きあげる。

集中的に脆弱《ぜいじゃく》な子宮口を突き潰す。

どちゅどちゅどちゅと滅多突く。

「おぉおッ！　あおッ！　はひッ、あへッ、へぉおおおッ！」

恵菜は髪を振り乱してよがり狂った。

屈辱と昂揚と快楽の渦に飲みこまれ、涙とヨダレと愛液をまき散らす。

最初の挿入時よりもあきらかに激しい反応だった。

狙い通りの展開に清彦も気をよくし、一気に登りつめていく。

「あー出るっ、七番目のま×こに出るっ！」

「やぁあああッ……！　おへっ、はひっ、やだやだやだッ、んぉおおッ！　イッちゃうっ、イグイグイッぢゃううぅうッ！」

恵菜は瞬間的に縮こまった。肩を怒らせ、背を丸め、手足の指を折りたたむ。

直後、反動で背筋が反って顎が跳ねあがった。

オルガスムスの蠕動《ぜんどう》が小穴を満たし、全身に蠢動が波及する。

「おへぇえええええぇええぇえええぇぇええぇえーッ」

妖精のように可憐な少女はひどくみっともない嬌声をあげた。

達成感が清彦の股間を打ち、噴出を促す。太い精液が尿道を膨らませ、鈴口を勢いよく突き破った。熱くなった最奥に直撃して、子宮に注ぎこまれていく。絶頂の最中も男根を膣肉で揉みしだかれるのは至福の快感である。

「あー、あー、すっごいいっぱい出る……！　恵菜、恵菜ぁ……！」

「キヨにいちゃん、キヨにいちゃん……！」

名前を呼びあい、絶頂が引いてもしばらくは腰を密着させたままでいた。

やがて全身から噴き出した汗が冷え、ぶるりとふたりは身震いする。

「恵菜……ひどいこといっぱい言ってごめん」

「ううん……いい……よかった……すっごく興奮しちゃった……」

「本当に好きなのは恵菜のことだけだよ」

「うん……嬉しい」

ふたりは倒れこみ、抱きあってキスを何度も交わした。酷いセリフを重ねたぶんだけ愛情を注いでやりたいと清彦は思う。

けれど、彼女の性的嗜好《しこう》は必ずしも純愛指向でもない。

なぜなら夏目恵菜は、嫉妬で昂ぶる寝取られ好きのM気質なのだから。

第六章　ハーレムHと純愛生ハメ配信

モニターに映るのは三つの美女の顔だった。

仁王立ちの男視点で、ペニスに口舌が集っている。

『れろぉおお……れちゅ、くちゅっ、ぢゅろぉお……』

愛しさを込めた情熱的な動きで男根に唾液をまぶしていく。

右から口を寄せてくるのはおっとり熟女のミナ元こと静枝。たおやかで上品な顔立ちをしているのに、舌は下品に大きく伸ばしている。顔ごと動かしてペニス全体を焦《じ》らすようにゆっくりなめまわす。

『ちゅっ、ちゅっ、ちゅむっ、ぢゅちゅぅうううッ……ちゅっ』

左から逸物にキスを連打するのは若妻のUKこと悠子。唇をとがらして吸いつく様は、溌剌清楚な面立ちに茶目っ気を与えていた。それでいて吸着音はとびきり大きい。

鬱血した海綿体がパンパンに膨らむ。

『ぢゅるるッ、ぢゅぱっ、ぢゅぱっ、じゅぢゅじゅぢゅぢゅぢゅぢゅッ、ぼちゅッ』

真ん中で激しく亀頭をしゃぶるのは、Ｖｔｕｂｅｒ色鳥つやみ。童顔で可憐な相貌は口淫に最適化して歪みきっていた。鼻の下が伸び、頬が削げ、口内を真空にしている。顔を前後させて性交じみた摩擦悦を生み出す。

『んっ、ふぅっ、はふっ、あうッ……んっ、ふふっ、んんっ』

三種類の水音に吐息や鼻息、笑い声まで交えて熱烈な空間だった。

場所はラブホテル。三人とも床に膝をついている。

身につけているのは、あろうことか女子校の制服だった。

『こんなおばさんにこんな格好、似合わないいんじゃないかしら』

ミナ元ははにかみ笑いだった。

白の半袖セーラー服はあきらかにサイズが合っていない。ヘソはもちろんムチムチの太ももも根元近くまで露出されている。まるで風俗やＡＶのコスプレだ。学校にこんな女子がいたら男子は常時前屈みなのではないか。

『私もひさしぶりだけど、高校のころより胸がキツいですね』

悠子は少女のように小首をかしげる。

水色のセーターにネクタイ、プリーツスカート。セーターの生地が柔らかいので、特大バストの形がくっきり浮かんでいる。顔の動きにあわせてゆっさゆっさと揺れ動くのは眼福の極みだ。やはり男子前屈み問題が発生するだろう。

『私はオーダーメイドだし普通に合うんだよね。ほらほら、似合うでしょ？』

色鳥つやみは得意気にピンク色のツインテールを揺らした。自分のアバターのコスプレである。髪はウィッグ。朱色のブレザーにベージュのスカート、ニーハイソックス。尻腿はアバターより豊かで、男の目を愉しませる極上の肉感だった。

『おばさんのこんな服で興奮してくれる？　れろれろ、べろぉ……くちゅっ、ぐちゅちゅッ、れちゅっ、ぬちゅッ』

『興奮してくれてるからこんなにガチガチなんですよね……ちゅっちゅっ、ちゅううぅうぅッ、ちゅぢゅっ、むっちゅぅうぅっ』

『適齢期じゃないからムチムチしてエロいんだよね？　そういう男心、あたしは知ってるからね……ちゅぽッ、ぢゅるるるッ、ぢゅぱぱッ、ぢゅぱッぢゅぱッ』

熟肉のこぼれ出しそうなコスプレ姿に、熟練のフェラチオ技巧。

三人がかりの口舌責めに男は耐えられない。

『うぅう……！』

うめき声が走り、ペニスがぷくっと膨れる。爆発の瞬間、三人は上向き加減に口を全開にした。舌もでろりと垂らして、物欲しげに鼻を鳴らす。

『ちょうだいっ、若い精子をおばさんのお口にっ』

『飲みますっ、ぜんぶ飲みますからっ、濃いのくださいっ』

『コスプレ変態女のお口にドロッドロのくっさいザーメンいらっしゃいませ〜』

三人の要望どおり、大量の白濁が解き放たれた。

勢いよく飛び散って年増女の口を汚し、汁の糸で三者の顔をつなぐ。

びゅるる、びゅるる、と止めどなく汚辱していく。

女たちは粘液を浴びながら、手招きするように舌を宙に泳がせていた。


そんな淫猥映像を、清彦は恵菜とふたりで見ていた。


「……キヨにいちゃん、すっごくいっぱい出してる」

恵菜は体と声を震わせている。いまにも泣きだしそうなか弱い声である。愛する男がほかの女と享楽に耽る様を見せられているのだから当然だろう。

独占欲を示すように、自分を撫でまわす清彦の手に手を重ねる。首や肩、お腹など、性感帯としては微妙な部分ばかりを優しく愛撫する手を。

「妬いてる？」

清彦が恵菜の耳元に低音ボイスを吹きこむと、小さな肩がビクリとこわばる。素直な反応が可愛らしい。いますぐにでも押さえつけて犯してやりたい。それでもいまは耐える。まだまだ焦らして彼女を昂ぶらせたかった。

本日、冬川清彦は夏目家にお邪魔している。

夏目家の両親が不在のタイミングを狙い、恵菜の部屋にあがったのだ。

カラーボックスやピンクのベッド、ぬいぐるみなど少女趣味の私室。その一角にPCが設置されていた。

清彦はゲーミングチェアに座り、恵菜はその膝のうえに腰を下ろしている。ふたり仲良くPCモニターを見る体勢は恋人らしい距離感だろう。

しかしモニターに流れているのは清彦のハメ撮り映像。

そして恵菜の着ている服は自撮り用のコスプレ衣装だった。

セーラー襟のブラウスに、豊かな胸を強調するコルセットジャンパースカート。有名Vtuberの衣装なのでアニメ風の仕上がりだが、紺白基調のカラーリングで学校の制服のようなフォーマル感も最低限保っている。

髪はゆるく太めの三つ編みを二本。胸の脇に垂らすことでやはり巨乳を強調。

「恵菜のコスプレが一番似合ってるよ」

「んっ……本当？」

耳を声で撫でながら、顎の下を手でくすぐる。恵菜はうっとりと目を細めた。

「本当だよ。だって恵菜が一番かわいいからね」

その言葉は本心だし、当たり前だとも思う。画面内の三人にくらべて、恵菜は格段に若々しい見た目をしている。背が低くて童顔巨乳。アニメの女性キャラクターによく見られる特徴だ。焦らされて上擦る声の自然な愛らしさもたまらない。

「すっごく犯したくなるよ」

「していいよ……犯していいよ、キヨにいちゃんなら、いつでも」

「めちゃくちゃに犯すけど、いいの？」

「うん、してほしい……乱暴に、強姦みたいに、めちゃくちゃに……」

恵菜は自身の言葉に被虐の感性を刺激されて息を乱す。

「じゃあ犯してあげるけど……もっと念入りに準備しようね」

清彦はささやきかけて、柔胸の側面をさりげなくさすった。

「あっ、あぁ……もっとぉ、もっと気持ちいいところ触ってぇ……！」

「あんな風に？」

彼女の顎を強引につかみ、無理やりモニターを見せつけた。

ミナ元こと皆口静枝は絶妙に柔らかな肉付きをしている。

肥満にはならない範囲で全身がマシュマロだ。

清彦と悠子とつやが三人がかりであちこち触るたびに感嘆の声が漏れた。

『やっぱりミナ元さんの体ほわほわでたまりませんね』

『腕もお腹も触り心地すごくいいです……ミナ元さん柔らかい……』

『もっとハードにしてもよがるよ、このひと。あたしとふたりで男漁ってたときとか凄かったもんね、ミナ元姉さん？』

とくにつやの責めは遠慮がない。爪を立てるようにつかみ、乳首をつねる。すると貞淑な人妻の顔が崩れて淫婦の表情が浮上するのだ。

『ぁああッ、そうなのっ、そうなんですっ……！　若い男に乱暴にされてドキドキする悪い女なんですッ……！』

セーラー服で身をよじれば全身の肉から甘い媚香が漏れ出すようだった。

悠子も肉に爪を立て、乳首をつねりあげる。

清彦は秘裂に人差し指から薬指まで三本指をねじこみ、激しく出し入れした。

『あっダメッ、イクイクッ、イクぅううううッ！』

三人がかりで虐められ、最年長の人妻はたやすく達した。


次の標的は、ＵＫこと国崎悠子である。

彼女はなんと言ってもバストが大きい。仰向けでセーターとブラウスをまくりあげ、剝き出された巨乳にミナ元とつやが吸いつく。

『はっ、あああッ……！　乳首っ、やんっ、そんなに吸っちゃダメぇ……！』

『ＵＫちゃんのおっぱいは大きいのに敏感で可愛いわねぇ、うふふ』

『女から見ても吸ったり嚙んだりしたくなるよね、いただきます』

『ぁあああぁッ、乳首嚙まれるの効きすぎるぅうぅ、あーっ、あーッ！』

同性からの責めに悶えたところで清彦も参戦。クリトリスを指の腹でさする。

『あっ、あああッ、そんなとこまでぇ……！　気持ちいいっ、きもちいぃいッ！』

『気持ちいいよね。旦那さんとじゃこんなプレイできないもんね』

『いやあぁ、それは言わないでぇ……！』

背徳感を刺激すれば興奮が濃密になる。彼女もやはりＭっ気が強い。

『旦那さんに謝りながらイッてよ、ほらほら』

ここぞとばかりに乳首と陰核を激しく責める。絶頂は一瞬だった。

『あなたぁ、ごめんなさいぃいいッ！　イックぅううぅうううぅうッ！』

次は当然、色鳥つやみこと、つや。本名は鳥居美津夜《とりいみつや》。

『やっぱさぁ、女って突っこまれる体の構造だからさぁ、根本的にMになりやすいのかなーって思うんだよね。あたしも、あへッ、こういうの効くしっ』

つやは仰向けで股が真上に向くほど大きく開脚していた。開いた脚を左右から女性陣に抱えこまれ、閉じることができないのだ。

無防備な秘処に清彦が口を寄せ、陰核を舌でいじりながら指を膣に挿入。Gスポットを指の腹で小刻みに押し擦る。

『あーヤッバい、動き封じられて一方的にされるの本当ヤバいッ、ぁあんッ』

『つやちゃんは潮噴きが得意だったわね』

『あ、潮いいですね。噴けると視聴者も喜びますし』

ミナ元と悠子は手指でつやの下腹を圧迫しだした。膀胱を押し潰しているのだろう。膣が苦しげに震え出す。

『あっ出るッ！　出ちゃう出ちゃうッ、ああーッ出るーッ！』

清彦が顔を除《よ》けて指を抜いた途端、尿道から透明な飛沫《しぶき》が飛び散る。

とびきり大きな尻肉が心地良さげに痙攣していた。


先日撮ってきたばかりの動画をいったん止め、清彦は一緒にいる恵菜の様子をみた。映像を見ているあいだ、恵菜はずっと清彦の膝のうえだった。軽いので清彦の負担はすくない。むしろ彼女の小柄さを実感できて心地良いぐらいだ。

そんな小さくて愛らしい恋人がしゃくりあげている。

「あんなに気持ちよさそうに……キヨにいちゃんに気持ちよくしてもらって、いっぱいよがってる……みんないいなぁ、いいなぁ」

ぐすり、と鼻をすする音がした。頬には涙の雫が伝っていた。

嫉妬と悲しさにさいなまれて、さぞかし苦しいだろう。画面から目を逸らしたいだろう。だが同時に彼女の体温があがっていることも確かだ。

「興奮してるだろ?」

清彦はとうとう彼女の胸に手を触れた。

「あんッ」

過剰なほど甘い声があがった。演技ではない。服のうえからでも乳首が硬くなっている。散々焦らされて感度は臨界に達している。軽く撫でただけで全身に愉悦の律動が広がる。生まれたばかりの小動物のようでいとおしい。小さなお尻が前後左右に振れて怒張したペニスを押し潰すのも気持ちいい。

「ほら、乳首気持ちいいだろ？」

いつもなら爪で引っかいて感度をあげていくが、今回はその必要もない。いきなり乳首をつまみ、たわわな肉房も揉み潰す。

「ああッ、やだっ、いやあぁああ……！」

「すごいおっぱいだよな……恵菜が根っからのエロ女だからこんなに大きくなったんじゃないか？　なあ、どうだ？」

「いや、いや、ひどいこと言わないでぇ……！」

口では拒絶しながら、彼女の呼吸は着々と乱れ、喜悦の身震いも大きくなる。その視線は相変わらずモニターに釘付けだ。

「嫉妬してドキドキして、濡らしてるんだろ？」

清彦は片手を恵菜の細い脚に移動させた。

膝小僧から撫であげていけば、スリムな腿の内側に湿り気を感じた。根元へと進んでスカートのなかに潜りこめば、湿気と熱気でじっとり蒸される。

さらに奥に触れた。

「んあッ……！」

加熱した泥のような感触だった。

下着なしに剝き出された若々しいクレヴァスが濡れそぼっている。

「俺がほかの女とえっちしてるの見て濡らしたんだ？」

「違う、違うの……！　キヨにいちゃん、違うのぉ……！」

「どう違うの？　すっごい濡れてるくせに」

上下になぞっただけでふっくらした大陰唇が柔かく綻《ほころ》ぶ。

一本スジの秘処が割れて、どろりと蜜をこぼす。

それを指先ですくって潤滑液とし、敏感な粘膜部を大雑把にこする。ぐっちゅぐっちゅと水音がスカートのなかで反響していた。

「あんッ、ああっ、キヨにいちゃんっ、やあぁ……！」

「あーあ、完全に寝取られ性癖の変態だな」

「そんな、そんな変態じゃないぃ……！」

「往生際が悪いなぁ」

清彦は中指を膣口に突き刺した。

「はひっ！　ひっ、あぁああッ……！　あんっ、あッ、あーッ！」

出し入れする勢いでザラつく天井を指の腹でこすった。親指でクリトリスを剝き、潰し、擦りながら、敏感なＧスポットを責める。恵菜の反応は上々で、腰を引きつらせて喜悦しはじめた。

「んーッ！　んあッ、あーッ！　だめっ、それっ、やだっ、うまいッ……！」

「このひとたちで鍛えたテクだよ」

顎でしゃくってモニターを示すと、恵菜の息が止まった。悔しげに歯を食いしばり、顔を真っ赤にし、涙をこぼす。

(言いすぎたかな……？)

さすがに清彦も後悔しかけたが、指の感触で考えなおした。

狭くて小さな膣がすさまじい勢いで窄まり、清彦の指に絡みついている。

「んっ、んーッ、あッ！　バカぁ、キヨにいちゃんのバカぁ……！　ぁああッ、ぁあーッ！　バカぁああ……あぁああぁーッ！」

恵菜の脚が跳ねた。ビクビクンッと震えた際に、ＰＣデスクの天板を軽く蹴りあげる。当たり所がよかったのか痛みはなさげだが、悔しげな顔は変わらない。

絶頂が過ぎてから、清彦は手を股から離して顔のまえに持ちあげた。

「本気汁でドロッドロだけど、言い訳できる？」

中指はおろか、ほかの指まで精液じみた白い愛液にまみれていた。指を開閉すればねっとり糸を引く。よほど感じていなければこうはならない。

「キヨにいちゃん、なんでこんな意地悪するの……？」

幼児が父親に世界の不思議を問うような、あどけない質問だった。

「俺は恵菜が一番好きだよ。恵菜にすべてを受け入れてほしいからこそ、知ってほしいんだ。俺が普段どういうセックスしてるのか」

清彦は糸を引く指でモニターを示した。

恵菜がいやいやと首を振る。

カメラアングルが変わっていた。竿役がカメラを構えるのでなく、ベッドサイドに固定して横から捉える角度。

清彦が別の女の尻めがけて肉剣の切っ先を押し進めていくところだった。

バックから犯したときに楽しいのは、やはり大きなお尻である。

つやの豊尻をつかんで引き寄せざま挿入する。

『あひッ、はあぁ……！　いきなり奥届くの効っくぅ……！』

歓喜の胴震いに赤髪ツインテールが揺れる。

清彦はさっそく腰を遣った。腰から傘のように大きく広がった尻肉を下腹で打ち据えるように激しく、パンパンパンと音を立てて。

『あーッ！　あんッ、あーっ、あーッ、ぁあーッ！』

『まあ、まあ、乱暴な腰遣い……若い子はエネルギッシュねぇ』

『乱暴なだけじゃなくて、ポルチオ狙い撃ちしてるよがり方ですよね……』

ミナ元と悠子がつやを羨ましげに見下ろしながら、清彦に左右から絡みつく。ふたりの重たげな乳肉がたくましい筋骨に押しつけられてひしゃげる。両手も筋肉の形を確かめるように愛撫する。

そしてふたりは口に舌を押しこんできた。三人で舌を絡めあいながら、清彦の腰が加速する。つやの柔尻がこれでもかと波打った。

『あぁあぁッ、イクイクイクっ、イックぅぅうううぅぅーッ！』

同時に清彦も腰を震わせている。低い声でうなり声をあげる。

どくん、どくん、と体液を注ぎこむ音まで聞こえそうな臨場感だった。

当然のことだが、巨乳であれば揉みたい。

清彦は仰向けに寝て、騎乗位で腰を振る悠子の双乳を揉みしだいた。もちろんセーターとブラウスは胸のうえにたくしあげ、生乳をである。

手指の動きにあわせて無限に形を変える水風船のような肉房。

指からこぼれた柔肉すら重たげな特大のバスト。

『はあっ、あーッ！　おっぱいもおま×こもイイぃ……！　おち×ぽもすっごくぶっとくてステキぃ……！　もっと、もっとかきまわしたいぃ……！』

悠子の腰遣いは大振りのグラインドだった。巨根でなければ即抜けてしまうような直径の円運動。おのれの秘壺を拡張するような動きに彼女は酔いしれていた。

清彦も酔いしれているが、それはペニスの快感だけのためではない。

『悠子も爆乳だけど、キヨシさんも大胸筋分厚いよね』

『男のひとも乳首感じるでしょう？』

つやとミナ元は清彦の両胸に吸いついていた。男の乳首を口に含み、大袈裟なぐらいちゅぱちゅぱと音を立てる。清彦も心地良さげにうめいていた。

間もなく上下のふたりが快感の高まりに顎を跳ねあげる。

『イクッ、また浮気でイッちゃうッ、ま×こイッちゃうぅうううッ！』

法悦が極まる瞬間、清彦の手が思いきり握りこまれる。

悠子は乳肉を潰される痛みすら飲みこみ、満悦に打ち震えていた。

全身がふくよかな女は抱き心地がよいので、思いきり抱きしめるべきだ。

対面座位でミナ元を抱きこみ、キスをしながら腰を振る。ふたりで腰をよじる。色気の匂い立つ年増女と呼吸をあわせて、ひとつの快楽の塊と化す。

『むちゅっ、ぶちゅっ、れろれろッ、ちゅぱッ！　ぁあ、いいわぁ、若い男の子に貪られるの、いつまで経ってもやめられないっ、ぃんんんッ！』

彼女もセーラー服の上下をまくりあげて素肌を晒していた。若い筋肉と接触して吸盤のように吸いつく熟肉が艶めかしい。

おなじぐらい艶めかしいのは、清彦の耳に絡みつく左右の口だ。

『人妻パコパコ気持ちいいですね、デカチン間男くん』

『いけないんだぁ……旦那よりデカいち×ぽで人妻をほじくりまわすなんて』

悠子もつやも十八禁音声を取り扱う配信者だけあって、盛りあげる言葉が巧《うま》い。耳をなめたり吸ったりするテクニックも抜群。

清彦は抱きあったミナ元の肉に溺れ、甘美なささやきに酩酊した。

『そろそろ出しちゃいます？　旦那さんより濃くて大量のくっさぁいザーメン』

『ほら中出ししちゃえっ、人妻に種付けして孕ませちゃえっ』

促されるまま射精の時が訪れた。

『ぁあああッ！　中出し好きっ、好きいぃぃぃぃぃぃッ！』

ミナ元も同時にイッた。良妻の顔をかなぐり捨て、間男の舌を吸いあげながら。


淫らで浅ましい４Ｐ風景を前にして、恵菜は何度も登りつめた。

胸と股をいじくられて、オルガスムスにむせび泣く。

「やだっ、いやっ……！　イカないで、出さないで、キヨにいちゃんっ……！　んっ、あぁあああ、やだぁ、中出ししないでぇ……あぁあああぁッ！」

とくに清彦がほかの女の胎内でイクときが絶好のタイミングだった。頂点に高まった嫉妬が性的昂揚感と一体になり、彼女の心身を狂わせる。たびたび潮まで噴いたのだから大した悦びようである。

(つやを真似してペットシートを敷いてなかったら危なかったなあ)

ペットシートのおかげでゲーミングチェアも床も無事のはずだと思いたい。

「嫉妬していっぱい気持ちよくなったね、恵菜」

「キヨにいちゃんのバカぁ……意地悪、鬼、ヤリチン間男っ」

「嫌いになった？」

愛液で汚れた手で愛らしい口元を撫でてやる。

彼女は迷わずその指をしゃぶりだした。

「んちゅっ、ちゅぶっ……れろれろっ、ぐちゅっ、んぅう……すき」

「聞こえない。もっとはっきり言って」

「ちゅっ、ちゅっ、ぢゅるるぅ……好きっ、キヨにいちゃん好きっ、大好きっ」

嫉妬に燃えるのは愛しているからこそだ。

彼女が一途に想ってくれていることに清彦は感動すら抱く。

（ほかの女のひとなんていらない）

そう口にしたい気持ちも山々だが、今はまだそのときではない。膨れあがる愛情を封じこめるため、ことさら素っ気ない声をあげた。

「あんなことしてる男が好きなの？」

画面では女性三名がカメラのまえで並び、みずから大股を開いていた。秘裂からどろりと垂れ落ちる白濁は、まぎれもなく清彦の精子だ。

ぐすん、と恵菜はしゃくりあげて、そして言う。

「四番目でもいいから……私のこと好きでいてください」

愛らしい声で健気なことを言われて、針山のような罪悪感が湧いてくる。

一番に決まってるだろうと抱きしめたいが、どうにか耐えた。

「何番目かは恵菜の努力次第かな」

彼女に秘められた被虐性を最大限くすぐるため、耳元で低くささやく。地獄から響くような声が彼女の鼓膜と心を震わせた。

「約束どおり、生ハメ配信するよ」

恵菜は生唾を飲んだ。

モニターの上に設置されたウェブカメラをちらりと見る。

「……はい」

どろりと濃厚な愛液が新たに垂れ落ち、股を汚した。


配信画面はモニターに映し出されている。

ウェブカメラを見れば観客の視点を確認できるポジションだ。

ライブ配信がはじまるなり、ベッドにぺたんと座る恵菜が映し出された。

衣服は先ほどまでとおなじ。セーラー襟のブラウスにコルセットジャンパースカート。髪はゆるい三つ編み。違うのは口にマスクをつけている点だ。

「どうも……はじめまして、エナです、えへへ」

配信用アカウントは新たに作った。悠子も利用している配信サイトで、ヌードや性行為が許容されている。

配信タイトルは「限定生ハメ初配信（すぐ消します）」。

コメント欄はすこしずつ賑わいつつあるが、エナと自撮り系裏アカ女子のメグが同一人物だと気付く者はいない。だれもが初見の反応である。見てわかるのは目元が愛らしいことと胸が豊かなことだろう。小柄なこととコスプレも相まって、可愛らしい雰囲気が強い。

「あの……ほんとこういうの初めてで……緊張してます」

目を泳がせて縮こまる。両手は腿のあいだに立てて股を隠していた。そのポーズもまた可憐なのだが、配信的にはまどろっこしい。

隠れていた清彦はカメラのフレーム内に踏みこんだ。

口元をマスクで隠しているだけの、全裸である。

たくましい筋肉はほのかに汗を帯び、肉棒は隆々と屹立していた。

「あっ……キヨにいちゃ……キヨシ、さん」

「続けて」

清彦はベッドにあがり、彼女の横に立った。

ガチガチの怒張で、愛らしい顔をぺちりぺちりと叩く。

「んっ、あぅ……あの、あの、ええと……今日はエナ、みんなのまえで思いっきり、このひとにパコパコされちゃいます……」

事前に教えたとおりのセリフが徐々に小声になっていく。恥じらっているだけでなく、ペニスが気になって仕方ないのだろう。顔のあちこちに硬さと熱さを感じて、オスの力強さを思い出しているに違いない。女性にとって大切な顔を叩かれていることも被虐欲を刺激している。その証拠に呼吸が乱れて肩が上下していた。

「準備は、もうできてて……さっきまでたくさんいじられてました」

コメント欄に「どこをいじられてたの」と質問が飛ぶ。

恵菜はすこしためらってから、小さくつぶやいた。

「おっぱいと、おま×こ……です……」

とろけるほど甘い声が羞恥を孕んで震えている。男心をくすぐる反応にコメント欄が熱狂した。みなが続きを望んでいる。セックスをしろ、パコパコしろ、生でやってくれ、などなど好きほうだいだ。

「パコパコは、有料限定になるので……課金お願いします」

ＰＣを操作するために恵菜がベッドを降りて身を乗り出す。服を押しあげる豊かな胸が画面いっぱいに映って、またコメント欄が沸いた。後ろから清彦が揉みまわせば、柔らかな変形ぶりに感嘆のコメントが増殖する。

「あっ、んんっ……！　それじゃあ、有料いきます……あぁあッ」

乳首をつまんだタイミングで有料配信に移行。

すぐさま清彦は恵菜の腕を引いて抱きよせた。

密着すると身長差が画面に明示される。彼女の頭頂部は清彦の顎にも届かない。胸以外の部分のスリムさも伝わったことだろう。

ロリだ子どもだいや巨乳だ大人だと様々なコメントが吹き荒れる。

（ここからが本番だ）

清彦は自分のマスクを外し、彼女のマスクも外させた。

「やっ、顔、見えちゃう……」

「有料配信だからいいだろ。ほら、舌出せよ。みんなにしたのとおなじ、エグいキスしてやるから」

他の女を引きあいに出すと、恵菜の体があからさまにわななく。口が開かれ、押し出された小さな舌を、清彦もうつむき加減に舌で迎え撃った。視聴者によく見えるように口外で絡めあう。唾液をたっぷりまぶして水音を鳴らしながら。

「はちゅっ、ちゅぐッ、れろぉお……べろべろッ、ぶちゅっ、ちゅぴッ」

とびきり淫らなキスに恵菜の細腰が何度も揺れた。乳責めと尻揉みも加わると、喘ぎと吐息が大になるばかりか唾液量も増える。口舌からねっとりこぼれる泡液の卑猥さに、視聴者の期待感もいや増しに増した。

「んっちゅ、ちゅろぉお……はあっ、ああっ、キヨにいちゃん……」

「濡れてきた？」

「もうとっくに濡れてる……はやく、パコパコしたい」

熱に浮かされた幼児のような顔で欲情の言葉を吐く。情熱的なベーゼで恵菜は完全にスイッチが入った。ベッドに引き寄せるとなすがままに動いてくれる。

清彦がベッドの端に腰を下ろし、恵菜が背中を預ける形でそこに座す。

命じればスカートも自分でたくしあげる。

パイパンの裂け目をカメラに披露し、羞恥に昂揚し愛液を漏らした。

「いまからココに、ものすごいぶっといの入れてもらいます……あっ！」

亀頭を押しつけただけで恵菜の背筋が尺取り虫のように蠢動する。

コメントでは入らないだの壊れるだのと騒いでいるが、知ったことか。黙って見ていろ、と清彦はいら立ちすら感じた。そんな激情すらペニスにこめて、淫裂に侵攻していく。ぐぶり、ぶちゅり、と恵菜の内側を満たしていく。

「ああっ、いやあぁ……！　見られてるぅ……！」

口では恥じらっているが秘裂は大洪水である。ハメただけで白んだ液があふれ出し、清彦の股を濡らしていく。

「これでみんなとおなじだね……人前でセックスするドスケベ女だ」

「やあぁ、ほかのひとのことなんか言わないでぇ……！」

ただでさえ狭い穴が窄まってペニスを咀嚼する。気持ちいい。お返しに清彦は彼女の胸を乱暴に揉み潰しながら腰を上下させた。

「あっ、あぁあッ！　あーッ……！　いきなり、あおッ！　おへぇ……！」

喘ぎ声がたわんで猥褻な獣声が混じりだす。いつもより格段に早い。ほかの女をほのめかされて寝取られ性癖が刺激され、視聴者に見られることで露出狂じみた興奮を感じているのだろう。

清彦は恵菜の胸元のボタンを外した。

勢いよく白い双球がまろび出す。

乳房を離して腰をつかみ、どちゅん、どちゅん、と深く強く最奥を突く。ばるん、

ばるん、と柔乳が暴れて視聴者が歓喜した。もちろん恵菜も喜悦する。

「あへッ！　はへっ！　だめだめッ、やだぁあッ、可愛くない声出ちゃうぅぅうッ」

「子宮潰されるとエグい声出るよね。ほら、こういうふうに、ほらほらッ」

「おぐッ、えぉおッ、おーッ！」

子宮口への連打に恵菜はこれでもかと乱れていた。

女がよがればよがるほど男も喜ぶものだ。しかも制服コスプレの似合う美少女が、体格に似合わぬ巨乳を振り乱して、歪んだ嬌声をまき散らしている。コメント欄は目で追えないほど高速で流れていく。

もちろん清彦にとってもたまらない。愛しくて、欲情して、もっともっと気持ちよくしてあげたいと思う。

だから耳元でこうささやくのだ。

「中出しするよ……女の子じゃなくて便器として受け止めてね」

「ああっ、いやっ、意地悪っ、キヨにいちゃん意地悪ぅうッ、んおぉッ……！　おひっ、ひあッ、きちゃうきちゃうッ、イッちゃうぅうう……！」

屈辱にかぶりを振りながら、小さなM穴は幸せそうに痙攣する。

清彦の海綿体は、揉みこまれるままに破裂した。

「うッ、ぐっ」

「イグぅうぅうぅうぅうッ！」

カメラのまえで射精した。カメラのまえでイカせた。

若さ抜群のほとばしりを小壺が蠕動《ぜんどう》して飲みこむ。子宮まで飲みこんでも止まらず、ついには逆流する。ぶぽっ、ぼぱっ、と白濁があふれてベッドを汚した。誤魔化しようもなく中出しをしたことが視聴者にも伝わる。

だがもはや第三者の目は問題ではない。

便器扱いされた恵菜がしゃくりあげ、清彦に振り向いてきたのだ。

「便器でも、いいよ……性欲発散するためだけの、オモチャでもいいから……これからも愛してください……」

いじらしい態度にいとおしさがくすぐられた。

（もしかして、いじめすぎたかな？）

まだ勝手がわかっていない。一口にマゾや寝取られ性癖と言っても好みの趣向や加減も違ってくる。清彦は本気で恵菜をモノ扱いで虐待したいのでなく、あくまで悦ばせたいのだ。

だから彼女を後ろから抱きしめ、唇を重ねる。

「んっ、ちゅ……ちゅっ、ちゅむぅ……」

今度は浅く、唇を食《は》むだけの優しいキスだった。

自然と体勢が変わり、向かいあう形になった。

ベッドに寝転がり、正常位に。ペニスはたくみに挿入したままである。

キスを解いたら、配信に乗らない小声で耳元にささやく。持ち前の低い声で脳を震わせる自慢のテクニックだ。

「ひどいこといっぱい言ってごめん……俺が好きなのは恵菜だけだよ」

「ほんと……？　キヨにいちゃんモテるし、綺麗な女のひとたちといっぱいエッチしてるのに、いまさら私なんて……」

案の定、彼女は不安に駆られていた。寝取られ性癖のMと言っても限度はある。快楽と引き替えに心は摩耗していくだろう。

だから今度は全力で愛情をぶつけるターンだ。

「恵菜が一番だよ。恵菜が嫌がるならもうオフパコなんてしないし、連絡先もぜんぶ消す。裏アカもやめる。恵菜だけの俺になる」

きゅううぅぅ――と、本日一番の締めつけが男根を襲う。

「……ほかのひととオフパコしてもいいよ。でも、したら教えて。みんなにしたことぜんぶ私にして……私をキヨにいちゃんの一番にしてください」

「一番に決まってるだろ。恵菜以外いらない」

「うれしい……キヨにいちゃん、キヨにいちゃん……！」

恵菜は恍惚と声を上擦らせ、清彦の顔にキスの雨を降らせた。

ペニスが動きだせば彼女の腰尻もヒクンヒクンと跳ねる。

「あっ！　なんだか、すごいッ……！　ああッ、すごく気持ちいい……！」

弱点を狙ったわけでもない抽送なのに、恵菜は強烈な快感に満たされていた。すべては緩急の妙である。被虐性癖を散々刺激された末に愛情を実感させられ、身も心も性感神経も一気に昂揚している。

清彦にとってみれば、ここからが本番だ。

「思いきりいくよ……！　そらそらっ、どうだ、エナ、どうだッ」

指と指を絡めるように手を握り、その細腕で彼女自身の脚を引っかけた。ぐっと押しあげ、柔尻を浮かせた屈曲位で上から下へ思いきり突く。こうするとエナの子宮に当たりやすいうえに、手足を封じてM性感まで刺激できる。

「あおッ！　おーッ！　おへッ、これダメっ、らめぇえぇッ」

「声エロすぎ。みんなに聴かせてあげないともったいないね。ほらほらッ、チ×ポがちっちゃいおま×こにズボズボしてるとこ配信に乗ってるよ！」

「ぁあああッ、いやいやっ、見ないでっ、やだぁあッ」

配信画面は後方にあるが、視聴者には結合部ばかりが見えることだろう。

少女めいた小穴を、極太が無理やり出入りする拷問じみた絵面《えづら》。

太いだけでなく、長い。清彦が腰をあげたときに見える竿棒は日本人平均より一回りは長い。その逸物が避妊具もなしに愛液にまみれていた。尋常な量ではない。勢いよく出し入れすれば雫《しずく》が飛び散るほどだ。

「みんなに見せつけたいんだ……！　恵菜のおま×こが俺のち×ぽを美味しく食べてるところ……！　俺のことが好きで好きでたまらないってところを！」

清彦が求めれば、愛と被虐に酔いしれた恵菜はしっかり応じてくれる。

「好きっ、キヨにいちゃんのおち×ぽ好きっ！　私のおま×こ、キヨにいちゃんだけのおま×こですッ、ぅんんッ！」

「そうだッ、俺だけの恵菜だッ……！　俺だけのものだッ！」

「あんッ、おんッ、おッ、おぉおッ！　ぉおッ、おへえぇぇえぇッ！」

恵菜の膣内は火が付いたように熱くなっていた。乱暴に扱われてM性感が昂ぶり、大勢のまえで愛を叫ばれて自尊心も満たされる。もはやなにをされても気持ちいい状態だろう。

ぐぐ、と降りてきた子宮口に亀頭が当たる。めりこむ。子宮そのものを押し潰すように突きまわせば恵菜の媚声がますますとろけた。

「はへっ！　あへぇええっ……！　もうイッちゃうッ、イッちゃうぅうッ！」

「イけっ、恵菜イけっ！　愛してるぞ、恵菜ッ！」

子宮からの絶頂で恵菜の腰が狂おしく弾んだ。

ビクビクと震える小穴を、清彦は構うことなくえぐりまわす。

「おひッ！　おっ、おぉおおッ……？　おッ！　イッてるッ、イッでますッ、動かないでッ、死んじゃうっ、死んじゃうぅうぅッ！」

「奥イキなら何度でもイケるだろ？　いっぱいイッてかわいい声聞かせてよッ、恵菜のアヘオホ声をもっと、もっと……！」

「待って待っで待ッ、あへッ！　あおッ！　おんッ、おぉおおおッ！」

連続絶頂により恵菜をさいなむ快感はオーバーフローしていた。喘ぎ声は泣き叫ぶように高まっていたが、なおも甘ったるくて愛らしい。

少女めいて小さな体はいまにも壊れそうなほど痙攣に痙攣を重ねている。

「死んじゃうッ、死ぬっ、ゆるしてぇええッ……！」

「まだだ、まだまだッ、恵菜を俺に狂わせてやるッ！」

あいにく清彦に寝取られ性癖はない。彼女を自分だけのものにしたい。だから愛情と快楽を全力で刻むのだ。

海綿体に充ち満ちた快楽電流に耐えながら、ベッドまで貫かんばかりに突く。ベッドの弾力を借りて加速する。

穿つ。連打する。押し潰す。

どちゅんどちゅんと突きまくる。

ただ乱暴に責めるだけではない。同時にキスをした。

ねっとりと舌を絡めれば、死ぬ死ぬと喚いていた恵菜の声にとろみが増す。

「ころして……えなのおま×こ、おち×ぽで、ころして」

幼児がお菓子をねだるようなあどけない声。

激しい快楽に理性も常識も焼きつくされ、残された唯一の真情。

愛するひとのためなら死んでもいい、むしろ愛するひとに殺されたい。まるで古典的な文学作品のような想いが極上の媚声で語られたのだ。

俺も死んでもいい。清彦は思った。

「うっ、ぐぅうううッ……恵菜っ、出すから受け止めてくれッ……！」

「ちょうだいっ、くださいッ、キヨにいちゃんのぜんぶッ、ほしぃいいいッ！」

すべての想いをペニスにこめて、清彦は破裂した。

全身が干からびる勢いで射精した。

「ぁおおおッ、ぉへぇぇぇぇぇぇぇぇぇぇぇぇぇぇーッ！」

恵菜も滝のように汗を噴き出していた。オルガスムスのさらに絶頂に達して、白目まで剝いている。過敏化した子宮に灼熱汁を注がれ、息絶えるほどの快感に襲われているのだろう。

ふたりは動けなかった。腰を擦りあわせながら、ただ愉悦に浸る。

獣の呼吸を交わすように深く唇を重ねたまま。

清彦が彼女の手を離して抱きしめれば、彼女も抱き返してくる。手ばかりか脚まで使い、全身でしがみついていた。密着すればたわわな乳房が押し潰されてしまう。その柔らかみを清彦は胸板に感じて、満悦していた。

「でも……もうひとがんばりだな」

ぼんやりしている彼女の体を起こさせる。結合が解けると、カメラのまえで怒濤《どとう》のごとく白濁がほとばしった。

「あっ、あぁぁあ……みんな、見ないで……」

「違うだろ。見てください、だろ。俺と愛しあった証拠なんだから」

「あうぅ……恥ずかしいけど、そうだね。みんな、見て……私のここ、キヨにいちゃんにしか使わせないから……みんなは見てるだけでガマンしてね」

画面を見ればコメント欄がすさまじい勢いで流れていた。激しいプレイに満足したとの声もあれば、巨乳美少女を好きにしている男への嫉妬の声もある。

それらすべてが清彦にとっては愛と快楽の踏み台だった。

「今日はまだまだエッチするけど、配信はここまでにしようか」

「うん……ふたりでもっとイチャイチャえっちしたい……」

これ見よがしにディープキスをする。

その後すぐに配信を終了したが、宣言通り行為は止めない。

恋人同士の夜はまだこれからだ。


後日、ビデオチャットで恵菜が頬を赤らめて声を高くした。

『このあいだのえっち配信、収益ものすごかったよ！』

「そうなんだよなぁ……エロ配信ってすごく儲かるんだよなぁ」

エロの力はすさまじい。やり方次第では最小限の労力でまともに働くのが馬鹿馬鹿しくなるほどの数字を叩き出す。

『あのアカウント即消したの失敗だったかな……』

「まずいって、それは。顔丸出しだから身バレするぞ？」

『次からはマスクつけたままで……ダメかな？』

「やめとこう。俺もああいうの卒業するし」

清彦はオフパコやエロ配信を控え、音声投稿に集中するつもりだった。

正式に恋人ができた今、やはり浮気はしたくない。これまで撮りためた動画があれば恵菜の寝取られ欲を刺激するには充分である。

なによりもオフパコや配信を通じて自信を得られたのが大きい。

「俺、もうちょっと就職活動がんばろうと思うんだ」

思えば以前は容姿のコンプレックスで面接時も気後れしていた。それでは良い結果が出ないのも当然だ。

しかし今ならどんな面接官にも臆することもない。堂々と対応できる。

ミナ元、悠子、色鳥つやみ——三人が勇気を与えてくれた。彼女たちとは二度と会わないだろうが、感謝の気持ちは忘れない。

『それで、次はいつオフパコするの？』

「オフパコというか、普通のデートしようよ。映画とかさ」

『私とじゃなくて、ほかの女のひとと』

心なしか画面に映る彼女の目は興奮に爛々《らんらん》と輝いていた。

『次はね、浮気しながら私のこと酷く言ってほしいの。こっちのま×このほうが気持ちいいとか、あんなま×こ使い捨てだとか』

「いや、だからおまえ以外とはもうしないって」

『なんで？　そのほうが燃えるのに……』

どうやら恵菜を開発しすぎてしまったらしい。

自信をつけすぎて調子に乗るのも考えものだと、清彦は苦笑した。


（了）

※本作品はフィクションです。作品内に登場する
団体、人物、地域等は実在のものとは関係ありません。

裏《うら》アカ女子《じょし》の淫欲配信《いんよくはいしん》
〈書き下ろし長編官能小説〉
2023年5月15日初版第一刷発行

著者……………………………………………… 葉原 鉄

デザイン………………………………………小林厚二

発行人…………………………………………後藤明信
発行所……………………………………株式会社竹書房
〒102-0075 東京都千代田区三番町8-1
三番町東急ビル6F
email：info@takeshobo.co.jp
竹書房ホームページ http://www.takeshobo.co.jp
印刷所……………………………中央精版印刷株式会社

■定価はカバーに表示してあります。
■落丁・乱丁があった場合は、furyo@takeshobo.co.jp までメールにてお問い合わせください。